Valentine Goby

L'antilope blanche

Gallimard

Née à Grasse en 1974, Valentine Goby y a passé toute son enfance. Après des études à Sciences-Po, elle s'investit dans l'action humanitaire à Hanoi au Vietnam et à Manille aux Philippines. Parallèlement à son travail d'enseignante en lettres et ateliers théâtre pour les enfants, elle publie en 2002 son premier roman, *La note sensible,* où la musique se révèle une langue ambiguë, un texte émouvant récompensé par de nombreux prix. L'année suivante paraît *Sept jours,* puis en 2005 *L'antilope blanche,* inspiré d'une histoire vraie. En septembre 2007 paraît son quatrième roman, *L'échappée :* la folle errance, en 1941, d'une jeune fille de seize ans prête à toutes les transgressions pour être libre. Sa quête s'achèvera en 1995.

Sensible aux problématiques de l'enseignement de l'histoire et des lettres aux adolescents, Valentine Goby écrit aussi pour la jeunesse (*Manuelo de La Plaine* chez Gallimard Jeunesse, l'histoire drôle et tragique d'un petit immigré espagnol des bidonvilles de La Plaine Saint-Denis dans les années 1930).

Jeune écrivain de talent, Valentine Goby s'est imposée en quelques romans comme l'un des espoirs de la littérature contemporaine.

À tante Charlotte,
À Lucien Pfeiffer,
Aux oubliés de l'Histoire.

« L'addax est un des mammifères les plus rares de la planète.

Il peut survivre en zone d'aridité extrême. Il résiste à la soif, par où d'autres périssent. Le désert ne l'effraie pas. Il est familier des milieux hostiles.

L'addax a cette particularité au sein de l'espèce, que les femelles portent des cornes aussi longues que celles des mâles. Le nom commun de l'addax est *antilope blanche.* »

Cahier n° 1

Année 1949-50

30 novembre 1949

Là-haut le temps est mouvement. En bas les secondes se suivent. Immobiles. L'attente n'en finit pas.

Par l'autobus *Société Africaine des Transports Tropicaux,* il aurait fallu compter les jours. Seize depuis l'Algérie, la traversée complète du Sahara. Quatre mille sept cents kilomètres ; Laghouat, Ghardaïa, El-Goléa, In Salah, Arak. Et puis Tamanrasset, In Guezzam, Agadez, Tanout, Zinder, Maiduguri, Fort-Lamy. Par bateau j'aurais dû prendre mon temps. Rythme de croisière. Une pause à Alger ; une à Casablanca ; Dakar, Abidjan, Lomé et Cotonou, Lagos… L'avion brûle les étapes. Plus loin plus vite. Je boucle ma ceinture, je ferme les yeux, posée sur la piste du Bourget. Je voudrais être loin. Loin : c'est ma destination.

Voilà, les maisons rapetissent, et les routes, les bois.

Je respire. Je compte les secondes, les kilomètres accumulés entre le sol et moi. Les montagnes s'écrasent, le Morvan, les volcans d'Auvergne couverts de neige, le village de Séez où plongent mes racines, Chambéry et mon enfance. Les cordées sur les glaciers, les coups de piolet, les feux de cheminée au chalet Acajou, la pipe éteinte et les géniales contrepèteries de mon ami, ma folie, ma défaite : Yves Kermarec. On franchit la mer, on laisse des îles dans la distance — les Baléares ? L'avion crève un plafond de nuages. Rideau. Je quitte le monde connu. Je m'en vais. Je ne suis plus que cela : une femme qui part.

Voici l'Afrique du Nord. Alger, mais qu'importe. *Je suis loin.* Je me répète cette phrase à travers les couloirs de Maison-Blanche, un aérodrome on ne peut plus commun. Je fixe obstinément le pauvre palmier planté dans le béton au-dehors ; ses feuilles jaunies par le soleil et le dioxyde de carbone. Je me persuade qu'il est un signe, une preuve que j'ai bien commencé le voyage. Je suis *partie.*

La nuit, le Sahara glisse au-dessous, dune après dune. Une mer traversée, un désert. Le temps passe, heures, minutes, secondes. Je m'éloigne encore. Encore.

1er décembre

Escales : bornes kilométriques de mon parcours. Voici Kano, Nigeria. Un ciel nu, une terre sèche,

16

une touffe de laurier-rose. Le bled. Cette brûlure sur la peau, cette poussière mâchée, est-ce encore de l'air ? « L'harmattan », souffle quelqu'un. Devant la gare, se dresse un absurde panneau indicateur : « Paris : 2 540 miles — New York, Londres, Nouvelle-Zélande : 10 500 miles. »

Les paysages se succèdent à toute allure. Savane rousse à perte de vue ; nuages verticaux pulvérisés par les hélices et aussitôt reformés ; masse compacte de la forêt tropicale ; réseau de rivières argentées.

Encore un exil. Avant-hier j'étais à Paris. Des années que je suis en partance. L'Italie, l'Angleterre, l'Afrique maintenant. Je creuse la distance kilométrique, culturelle, thermique. Fille des glaciers, je passe l'équateur.

Mon berceau, c'est Aix-les-Bains. Je suis née en 1914, dans l'appartement de mon grand-père médecin. Plus exactement, comme tous mes cousins, dans la grande pièce du deuxième étage appelée « chambre du coin ». Mon père était juge de paix à Chambéry, une fonction faite pour lui ; un homme discret, doux et sans histoires, dont personne ne savait que dire. Ma mère, née Blanc, était aussi singulière que mon père était ordinaire. Elle portait des jupes-culottes, elle circulait à bicyclette. Elle savait jouer au tennis et nager. Elle nous avait appris, dès le plus jeune âge, à nous jeter dans la piscine des Thermes. Dans notre petite ville cela suffisait à la classer, pour le meilleur et pour le pire, comme une femme hors du commun.

On me nomma Charlotte, en l'honneur de mon parrain. Charles était un prénom très répandu. Son pendant féminin était une rareté. Une vieillerie. Au mieux, une excentricité. Je l'ai toujours détesté. Nous étions sept, dans l'appartement de la place Saint-Léger. J'eus trois frères, trois compagnons d'aventure, et une sœur. Je passais mon temps à des jeux de garçon. Mes préférés, l'hiver, au chalet loué par mon grand-père, consistaient à faire de la luge sur les plateaux à café de la famille, à grimper sur les pylônes du funiculaire qui nous ravitaillait ou sur le dos des vaches, à la ferme voisine. Cerfs-volants, construction de cabanes suspendues, d'igloos. Guerre de Peaux-Rouges avec vraies plumes de poulet et coiffure en carton ondulé sur le modèle de Buffalo Bill... Je n'ai rien eu à envier à mes frères.

Tout commence donc un été avant l'orage. À Aix-les-Bains, mes tantes allaient bientôt donner à boire aux soldats, sous l'égide des Dames de France, dont ma grand-mère serait présidente. Enfermé dans son bel appartement du centre-ville, mon grand-père, le docteur Léon Blanc, avait commencé sa guerre : il accouchait ma mère. Depuis cette première fois, j'ai passé là tous les étés de mon enfance en compagnie de mes cousins. Je me rappelle chaque moulure du cabinet, les boiseries claires, l'odeur de cire qui imprégnait nos vêtements.

Pendant les heures de consultation, le silence absolu était de règle. Nous marchions sur la pointe des pieds mais nous tendions l'oreille. La réputation de mon grand-père avait franchi les montagnes et les mers. Pragmatique, il s'était attelé à l'anglais. Il avait reçu sans interprète l'énorme maharadjah de Baroda, paré de broches en or massif incrusté de rubis et de saphirs — des boutons de manchettes aux couleurs de l'Empire britannique. Mon grand-père était le médecin des descendants de Dickens, dont il possédait des éditions originales. Bien avant moi, les aînés des cousins ont guetté aux fenêtres pour apercevoir, au bas de l'immeuble, les limousines, les de Dion-Bouton de riches patients, ou la voiture de la reine Victoria. Les kilomètres de tissu autour de son corps et de sa tête. Son teint blafard, les bruits de robe dans le grand escalier. Ils pouffaient à l'idée de cette masse de chair plongée dans les eaux thermales. Moi, je collais l'œil aux serrures pour scruter le déshabillage des célébrités de mon temps. De l'anglais, je ne connaissais alors qu'une ritournelle idiote enseignée par la nounou : « *Pussy cat, pussy cat, where have you been ? I've been to London, to see the Queen !* » Pour les Blanc, c'est la reine qui se déplaçait. Je n'ai jamais su, même en Angleterre, beaucoup plus tard, profiter de telles relations.

Nous perdons de l'altitude. Une roche brune et nue perce les nuages. Le mont Cameroun ? Plus loin, une verdure tachée de blanc, et là, on dirait une tour, un clocher. Courbe de l'océan Atlantique… Est-ce Douala ? Une jeune femme soupire. Les voyageurs rentrent chez eux. Je n'ai pas de maison. Ma maison est, depuis douze années, aux antipodes de mon amour.

C'est Douala. L'avion dessine une boucle au-dessus d'un bras de rivière. « La crique du Docteur ! Le bois des Singes ! » s'exclame un enfant. Le sol se rapproche et avec lui, l'angoisse d'arriver. L'avion se pose. Il roule. Je garde les yeux fermés. Lorsque je les ouvre, une lumière blanche m'éblouit. Tout le monde descend.

Je voulais aller loin. Je dois y être. Douala m'arrête. Du haut de l'escalier mobile un étau m'enserre le corps. J'étouffe. La moiteur m'enveloppe, entre par chacun de mes pores. Elle ressort en une vague liquide. Ma chemise d'hiver colle à mon dos, de larges cercles se dessinent sous mes aisselles. Mes jambes ne me portent plus. C'est donc ici ? Ici que je dois être ?

Yves Kermarec, je m'éloigne de toi. Mon Dieu, faites que ce soit pour toujours.

Toutes ces années, notre passion commune, à Yves et moi, ce fut la glace. Notre rencontre se fit sur un lac gelé. Moi, dans le ventre de ma mère, lui étendu de tout son long, les genoux écorchés. Patiner était la grande distraction des hivers savoyards. La glace, un salon de plein air où les familles faisaient connaissance. Yves avait quatre ans. Ma mère avait tendu la main, Yves avait repris sa course. Les Kermarec et les Marthe avaient goûté ensemble. Leur amitié était née là, sur une patinoire, autour d'un pain d'épices. La nôtre aussi.

C'était le fond de la vallée. Accompagnés par tante Suzanne, nous avons pris de la hauteur. D'abord, la montagne à vaches, douceur verte de Tarentaise. Le col du Saint-Bernard, le pic de Lancebranlette, atteint après six heures d'effort du clair de lune au point du jour. Belvédères de mon enfance, panoramas époustouflants sur les sommets italiens, français, suisses. Surpris par l'obscurité, nous couchions parfois dans des granges. Joie de ces nuits sans sommeil ! Les chèvres, au-dessous, faisaient tinter leurs clochettes. La glace, ces années-là, c'était seulement les cristaux blancs jetés par l'aube dans les plis de terre, les plaques de verglas sur d'anciennes flaques d'eau, les glaçons de ruisseaux que le printemps faisait fondre.

Plus tard ce fut la vallée de Chamonix. L'escalade du Moine, de la Nonne, de l'Évêque, du Cardinal auquel je laissais mon fond de culotte. Le mont Blanc, c'était notre mise en jambes au début de chaque été. Vint la glace dure, vaste, dangereuse. Le massif de l'Oisans. Les premières expéditions sans tante Suzanne. Yves devenait chef de cordée, nous n'avions pas de guide. Souvent, un autre garçon nous chaperonnait. Grandes peurs — nourriture gelée au passage des Écrins, foulure dans une crevasse, piolet brisé par une avalanche de pierres. Fous rires — le café à l'eau-de-vie ou les déclamations d'Yves au lever du soleil, sur un piton rocheux, devant mon attirail dix fois rapiécé, mon bonnet de laine troué, les épis de mes cheveux — *Ô Charlotte, reine des neiges, ton élégance atteint des sommets !* Une bande d'amis nous rejoignait de temps à autre, ainsi que mes cousins Paul, Yvonne, René et Marie-Thérèse. Après une baignade mémorable dans un torrent, les garçons avaient créé un « Soviet des nudistes du Versoyen » qui affolait mes tantes. Courtes nuits dans les refuges noyés de brume, tout habillés et couchés « sur la tranche » pour économiser l'espace ; longues cordées joyeuses, bruyantes, batailles de neige.

Yves et moi préférions la solitude et le silence. Le grand mutisme des montagnes. Les randonnées feutrées dans la poudreuse, les marches de nuit à la lanterne. Nous ne parlions qu'au lever, au coucher, au moment des repas. Nous grimpions les pics les plus difficiles : l'aiguille du Grépon, les Drus, les Courtes, la Meije… Une marche lente, régulière, rythmée par la lourdeur de l'équipement : chaussures cloutées, vestes et pantalons en drap de laine, cordes de chanvre qui, mouillées puis glacées, doublaient de poids. Nous emportions des peaux de phoque. Le ciel très bleu se déployait au-dessous de nous ; Yves chaussait ses skis. Il se lançait, lent pinceau ondulant dans le blanc. Je descendais à mon tour, croisais sa trace. Folles glissades sur les glaciers, crissement de la neige fraîche sous la croûte gelée. Immobilité du monde autour de nous. J'entrais en communion avec le grand tout auquel on donne tant de noms.

Yves et moi l'appelions « Dieu ». Marches ardues, souffles courts. Palier après palier, entrer à l'intérieur de soi, s'y perdre, jusqu'aux sommets balayés par les vents. Laisser à la voix endormie le temps de s'éveiller, de se faire entendre. Devant l'horizon sans limites, chercher la source de toute beauté. Contempler le soleil en face, trouver chaque chose à sa place. L'ami à mes côtés, la nature tout autour, Dieu partout. La montagne est, comme Dieu, une chose immense et mystérieuse qu'on ne doit approcher qu'avec humilité, nous qui ne sommes qu'atomes. Moins que des atomes. Poussières.

Printemps 1937. J'avais obtenu mon baccalauréat, achevé des études d'histoire. J'enseignais en collège et séjournais souvent au Revard, le chalet familial loué par mon grand-père. La vie professionnelle avait éloigné Yves de nos montagnes. Je ne l'avais pas revu depuis plus d'un an. Lorsqu'il annonça son passage, ce fut une fête. On nous laissa deux journées, chaperonnés, pour l'alpinisme. Ensuite, la bande d'amis vint nous rejoindre.

C'était un soir de mai, après une brasse furtive, héroïque dans un lac de glacier. Trois heures durant, nous avions dévalé une pente des alpages, vers Séez. Nous étions tous les dix assis sur un surplomb herbeux, au-dessus du village. Face à nous, la vallée déjà sombre, à l'heure où le vert tire sur l'orange. Une espèce de douceur glissait sur toute chose. Quelqu'un fit remarquer que c'était l'anniversaire d'Yves. Il avait vingt-sept ans. Je me souviens qu'une pomme vola, une autre, puis une orange, de justesse rattrapées par Yves, aussitôt renvoyées. Peau des fruits contre les paumes, rebonds, rires. Quelqu'un a dit :

— Dis donc, Yves, tu te fais vieux garçon !

Ballet de sphères jaunes, rouges, vertes.

— J'ai pourtant bien entendu parler d'une Emma… non, Léa …

Yves mordit un fruit. Le jeu s'arrêta. Dents blanches plantées dans la chair rouge. Il s'essuya la bouche d'un revers de manche. Il rit. Les autres rirent aussi. J'eus envie de hurler. Je croquai une pomme. Yves se leva, les bras en croix au bord du vide. Il cria. Il écouta l'écho. Il se retourna.

— J'avoue tout. C'est pour cela que je suis revenu : je me marie !

Les fruits volèrent, les « nudistes du Versoyen » portèrent Yves en triomphe et le trempèrent dans le ruisseau.

Moi, au bord de l'eau. La pomme croquée dans ma bouche. La chair verte et acide. Des années que j'aimais Yves. Je l'apprenais tout juste. J'eus quelques secondes à peine pour être amoureuse — pensée de son corps dans mon corps, jubilation, terreur. Sensations furtives, rêvées. Furieux désir de belles choses.

Ça a commencé là, à cet instant précis. Une petite douleur, circonscrite, de la grosseur d'une tête d'épingle. Piquée droit dans la chair une fois pour toutes. Se propageant par cercles, heure après heure, autour du point sensible, jusqu'à gagner tout le corps. Les bras, le ventre, les jambes. La pointe des ongles. Et peu à peu, la tête. Le fond de la tête. Réveillant l'idée noire, le mal en moi. En un jour le poison fit son œuvre. Étouffa mon amour pour Yves, m'inoculant la haine d'une femme. Un désir de choses terribles. Il est des substances dangereuses à cloisonner hermétiquement, comme ces gaz inflammables à l'air — germane, silane — aux beaux noms inoffensifs. La jalousie est de ceux-là. La contenir, ce fut une obsession. Ne pas en laisser échapper la moindre parcelle. Je suis devenue forteresse. Au-dehors, la joie de vivre — *Que tu es gaie, Charlotte, toujours si gaie !* Au-dedans, la nuit.

La jalousie s'installa. Le jour, les visites de famille, des amis, le quotidien chargé du Revard étaient mes alliés. Je parvenais presque à être moi-même. Puis le soir venait. Les lumières s'éteignaient une à une, les conversations. Restait le murmure de la rivière, un courant d'air dans les branches des sapins. Le chalet endormi nous laissait face à face. Je ne fermais pas l'œil.

Un matin je reçus une lettre. L'écriture m'était inconnue. Je tournai l'enveloppe. *Expéditeur : Léa Damoiselle.* J'eus un doute ; mais oui, la lettre m'était bien adressée. Elle m'a suivie partout, depuis. Je commençai à lire. Mes doigts blanchissaient sur le papier crème.

> *Chère amie,*
>
> *Me permettrez-vous cette familiarité : vous nommer mon « amie » ? Je n'ose vous appeler par votre prénom, nous ne nous sommes jamais rencontrées. Mais l'affection qu'Yves vous porte me lie déjà à vous.*
>
> *Ma demande vous surprendra sans doute, et peut-être la jugerez-vous trop audacieuse. Je n'en ai pas touché mot à mon fiancé. On vous dit femme étonnante, aussi n'ai-je pas crainte de vous étonner.*

Yves a souhaité que mon frère soit son garçon de noces. Jean est très touché par cette marque d'estime. Je le suis aussi.

Il ne m'en a rien dit, mais je sais qu'au fond de lui Yves aurait aimé vous avoir à cette place. Seule la bienséance l'a empêché de vous l'offrir. Cela ne se fait pas, un homme avec une demoiselle d'honneur.

Chère amie, je voudrais qu'à notre mariage vous ayez un rôle à la hauteur de cette amitié. Accepterez-vous d'être mon témoin ?

Ne soyez pas embarrassée, je comprendrais votre refus. Mais votre approbation serait à la fois une joie pour moi, qui déjà vous aime, et pour Yves, qui vous chérit depuis toujours.

Recevez mes salutations courtoises, et transmettez-les à votre admirable maman,

Léa Damoiselle

Stupeur. J'avais eu honte de ma haine. J'apprenais que je haïssais un ange. Son innocence m'accablait. Pire : Léa m'aimait.

Je savais que je ne répondrais pas à cette lettre. Mon silence serait un aveu. Ma volonté n'y pouvait rien. Ma jalousie allait s'afficher.

Je levai les yeux. Dans le miroir, je vis une femme très blanche. En elle tout tombait. La bouche, arquée vers le sol. Les yeux, deux coquilles fatiguées. Des mèches lâches sur le front. Les épaules, le dos, voûtés en carapace. Un papier de soie s'échappait de ses doigts ; il se détacha, oscilla lentement, comme une feuille morte, glissa sur les carreaux. Je regardai cette femme tombée. Charlotte Marthe. Petite, ronde. À peine coiffée. Le nez droit et long. Le menton en galoche. Une montagnarde hors pair, le teint toujours hâlé. Ma « bonne bouille », disait mon oncle.

C'est ce jour-là que j'ai dit le mot. Non pas seulement pensé l'idée, mais prononcé d'un bloc, calmement, sans détacher les syllabes : *laide*. J'étais laide.

Léa Damoiselle ressemblait à sa lettre. Sur la photo passée de main en main, une femme élancée, vêtue d'une robe en mousseline, se courbait pour cueillir des glaïeuls. En elle tout ondulait. Léa-da-moi-sel-le, fluides courbes d'un fleuve. De son chapeau à large bord s'échappaient des boucles claires. Elle souriait. Gracieuse, pudique, lumineuse. Ses mains s'ouvraient sur les fleurs comme de grands papillons.

Yves allait épouser une *femme*. Un être ravissant et doux. Pas un compagnon de route.

Fini, la grande camaraderie. Mot magnifique, chargé des rires, des sueurs, des peurs surmontées. Fini, l'épopée de glace, les pics et la montagne à vaches, le Revard, la Savoie, les cousins Bouquet. Fini le printemps. En moi, colère et honte ; le chagrin viendrait plus tard. Vingt-trois ans, pas un homme. Même caché, même affreux, même idiot. Je m'affichais, stérile, parmi une joyeuse bande de garçons qui me trouvaient drôle.

À mon image ce jour-là, je jurai de ne plus attendre. L'amour n'était pas fait pour moi. Je mènerais une vie exemplaire.

Décembre 1937 : je rejoignis San Remo et le collège international Saint George. J'y enseignais en français à des jeunes filles espagnoles, italiennes, britanniques et russes blanches la géographie, l'histoire, la gymnastique et la natation, la zoologie, la grammaire et le théâtre. Corvéable à merci, je surveillais les dortoirs, les réfectoires, distribuais gratuitement des cours particuliers le soir et mes rares jours de congé. Deux années durant, je m'épuisai à la tâche au milieu des vergers d'orangers.

1939 : Mussolini rallia l'Allemagne nazie. Partout des escadrons noirs, bras tendu. La guerre fit irruption au collège. Les Anglaises nous quittèrent et rejoignirent Churchill. Je rentrai en France, pays de femmes, d'enfants et de vieillards. La mobilisation avait éloigné Yves Kermarec. En Savoie, je me fis infirmière, puis professeur. La débâcle ramena les soldats dans leurs familles, il fallait partir. Je rejoignis l'Angleterre.

À Saint James' School, je travaillai jour et nuit. Professeur la semaine, surveillante d'internat le soir et les week-ends, j'habitais une cellule de moine glaciale et dénudée. De jeunes réfugiées juives nous arrivaient en nombre par je ne sais quel réseau de résistance. Je me dévouai à elles. Je vécus dans l'enfer des bombes. Je restai après la victoire.

Un soir de décembre 1947, j'emmenai mes élèves au théâtre. La belle alliance entre Londres et Paris se prolongeait dans la littérature : on donnait une lecture bilingue de *A Tale of Two Cities* de

Charles Dickens. La nuit était tombée. Il pleuvait. Rues noires et lustrées ; métal des carrosseries sur la chaussée luisante, éclat des lampadaires dans les flaques, toile grasse des parapluies. Foule d'anonymes cachés sous les cols, les capuches. Et là, sur le bord du trottoir, immobiles au milieu du mouvement, un homme et une femme. Visages blancs contre la nuit. La pluie sur leurs visages. Du bout des doigts, l'homme effleurait la joue de la femme. Elle ferma les yeux.

Une voiture me frôla, m'éclaboussa de la tête aux pieds.

Trois jours plus tard je quittai l'Angleterre ; Yves et Léa Kermarec venaient de s'y installer.

J'errai de ville en ville pendant des mois. Partir, partir. Je descendis du nord au sud, de Calais à Paris, de Paris à Valence et de Valence à Aix-en-Provence ; de collège en collège, d'un remplacement à l'autre. Jusqu'à la Méditerranée. Là, le 13 mars 1949, les pieds dans l'eau, je décidai d'enjamber la mer.

Un pas est un effort. Un geste est un effort. Redresser mon sac sur l'épaule, passer une main sur mon front. Sourire est un effort. Mon dos s'affaisse, mes paupières, mes bras tombent, fatigués de porter leur poids de chaleur. Je descends une marche, une deuxième, une autre. Je suis la file qui se meut sur la piste, traverse une matière ocre montée du sol, suspendue en brume de poussière, et qu'ici on appelle « air ». Sans désir, sans pensée. Anesthésiée. Je marche en rêve, mes jambes se plient, se déplient, se posent. J'entre au pays de l'extrême lenteur. Des distances élastiques. J'avance sans voir, sans entendre, maillon de la caravane beige et blanche qui traverse la piste. J'obéis. Au bureau de contrôle, je présente mes papiers, je réponds aux questions. La sueur coule sous mon corsage. Au-dessus de ma tête, les pales géantes d'un ventilateur. Elles tournent sans hâte avec un bruit d'horloge.

— *Collège moderne de jeunes filles, New-Bell...* c'est votre adresse ?

J'ôte mes lunettes embuées, lève un regard flou vers la main qui tend mon passeport. J'acquiesce. J'arrive.

— Mademoiselle Charlotte Marthe ? Bienvenue à Douala ! Je suis Victor Hugo, chargé par M. Gaucher, le directeur du collège, de vous conduire chez lui. Je précise : je ne suis pas le chauffeur. Je rends service, comme entre bons amis ! Il vous prie de l'excuser, n'est-ce pas, sa femme est souffrante et il doit faire classe aux élèves. Avez-vous fait bon voyage ? Le personnel était-il charmant ? Pas encore la nostalgie du pays, j'espère ? Vous verrez, mademoiselle Marthe, vous êtes ici chez vous. Je vous en prie, installez-vous à l'arrière, je range votre valise. Je travaille présentement pour le service des Douanes. Douala est un port très actif, parmi les plus modernes du continent !

La canadienne s'ébranle. Les roues s'enfoncent dans les nids-de-poule, des ressorts grincent. Je regarde dehors, au bord du sommeil. De la terre, rouille et safran. Personne.

— Tenez, c'est près d'ici que le colonel Leclerc

a débarqué en pirogue, le 27 août 1940. Le Cameroun a rejoint la Résistance vingt-quatre heures après le Tchad, vingt-quatre heures avant Brazzaville !

Çà et là, des paillotes. Boue séchée, végétaux, toits de tôle et de branchages dont le vent doit avoir raison. Des silhouettes noires ondulent à pas lents, s'éclairent lorsqu'on les frôle, prennent couleur et volume derrière nous, face au soleil. Les corps se succèdent, de toutes parts greffés, écrasés, confisqués. Hordes d'enfants accrochés aux jambes, aux mains, bébés rivés sur le dos. Fagots de bois, paquets de linges arrimés à la tête, bassines d'émail débordant d'oranges vertes, d'objets sans nom. Ce sont des femmes.

— D'ailleurs, mademoiselle Marthe, le plan de Douala est une page à la gloire de la France. Aux scientifiques — Pasteur, le docteur Jamot qui a presque éradiqué la maladie du sommeil. À vos colonels, généraux, maréchaux et autres gens d'armes qui ont tous une rue, une avenue, un boulevard — par ordre alphabétique : De Gaulle, Foch, Joffre, Leclerc, Suffren, Surcouf. À vos présidents de la République — Clemenceau, Doumergue, Poincaré. Aux grandes dates de votre histoire — Verdun, 27 août 1940. Qu'est-ce que j'oublie ? Ah, les explorateurs — La Pérouse. Vos hommes de lettres — Pierre Loti. Au triomphe de vos idéaux — la Résistance.

Des hommes sont assis par terre, ils regardent passer... quoi ? Nous, le temps ; leurs femmes ? D'autres traînent du pied sur le bord de la route.

J'en vois qui tirent des sacs énormes et soulèvent derrière eux des nuées cuivrées. Figures étrangement dépareillées. Des corps nus, des accessoires assemblés selon une fantaisie déroutante : pagnes, chemises sans dos dont il ne reste que les deux pans des côtés, casques coloniaux usés, capotes de l'armée, chapeaux de feutre, bérets basques crasseux, énormes paires de lunettes noires. Uniformes militaires en lambeaux, pantalons à pinces impeccables avec pli apparent, cols amidonnés.

— Écoutez bien : sept boulangeries françaises, trois coiffeurs pour dames, deux coiffeurs pour hommes, un coiffeur mixte. Quatre cinémas, neuf grands magasins d'import-export, une multitude de détaillants, une dizaine de librairies-papeteries, plusieurs tailleurs et quelques bons restaurants dans de beaux hôtels... À Douala, vous ne manquerez de rien : on trouve même des Chevrolet et du cristal de Baccarat !

Des bâtiments clairs de part et d'autre de la route. Des boutiques aux rez-de-chaussée. Des arbres immenses, palmiers, cocotiers, frangipaniers je crois, racines plongées dans la latérite ; des fleurs enroulées aux barrières, accrochées aux façades. La chaussée n'est pas goudronnée. La voiture tangue.

— À gauche, le mess des fonctionnaires et les tennis.

Des slogans défilent sur des panneaux publicitaires : *Galeries Japoma : les nouveaux magasins de la CFAO — Buvez Antésite, la boisson vertueuse, économique et rafraîchissante ! — La Paix, Compagnie anonyme d'assurances à primes fixes.*

— Je vais vous raconter une histoire, mademoiselle Marthe, vous êtes trop fatiguée pour parler. Il y a dans un lieu nommé Efoulan, près de Yaoundé, un arbre extraordinaire qu'on appelle l'Arbre d'Alliance entre la France et le Cameroun. Il a été planté en 1938 par le Français Gaston Monnerville, dans la résidence du notable camerounais Charles Antagana. Selon le rite traditionnel béti, un pacte d'amitié a été enterré dans le trou où l'arbre fut planté, et arrosé du sang d'un bélier spécialement égorgé pour l'occasion. MM. Monnerville et Antagana ont eux-mêmes bu ce sang, ce qui les exposait, en cas de rupture du pacte, à subir les foudres du ciel. Eh bien, mademoiselle Marthe, ils sont nombreux les opposants à la colonisation, qui ont essayé d'abattre l'arbre symbole. On a voulu le scier, on lui a jeté des dizaines de litres d'acide. L'arbre d'Efoulan, qui porte le nom de Mbikam, est encore debout !

Compagnie de l'Industrie textile cotonnière : tissu de coton, rayonne, fibrane, confection, bonneterie, vente en gros et demi-gros — Crédit Lyonnais : banque, change, marchandise.

Le nez collé à la vitre, je cherche le mont Cameroun. Plus de quatre mille mètres de haut, à soixante kilomètres à peine au nord de la ville. Rien. Rien que deux tours, sans doute le clocher de la cathédrale. Une brume blanche gomme le paysage. Douala est prise dans une épaisseur d'ouate.

La canadienne s'engage dans une rue ombragée. Je lis « Rue Ivy ». Le soleil clignote à travers les feuilles.

— Tout le long, ce sont des logements de fonctionnaires. Bien traités, n'est-ce pas ? Je fais un petit détour pour vous montrer la place du monument aux morts.

La petite voiture dessine un cercle autour d'une étendue de gazon jauni.

— À votre droite, le palais du roi Bell, chef traditionnel. À cause de sa forme particulière, on l'appelle la Pagode. Derrière le bâtiment, le cinéma en plein air du Paradis. À votre gauche, le soldat du monument aux morts, qui tient dans sa main une couronne de fleurs toujours fraîches. En face, la statue de Leclerc.

Nous reprenons la rue Ivy et bifurquons sur une large avenue.

— Ici, c'est l'ancienne Freie Zone. Les Allemands avaient un projet de Gross Duala, qui consistait à agrandir la ville européenne en repoussant vers l'extérieur la population autochtone. Entre les deux, une étendue déserte. Vous devez en avoir entendu parler, c'est l'histoire de New-Bell, votre quartier ! Le royaume des Déguerpis.

Non, je ne sais rien. Je sais que j'étais loin, et que je me rapproche.

— New-Bell, c'est une banlieue. Un Nanterre quoi, comme dit mon cousin professeur de mathématiques en région parisienne.

Victor Hugo éclate de rire :

— En plus beau !

Des maisons blanches entourées de grands jardins, que Victor Hugo appelle « cases ».

— Voilà, c'est New-Bell. Tout autour, l'habitat indigène. Pas beaucoup de Blancs dans ce quartier, soyez prudente ! À gauche, la mosquée ; là, le marché. De l'autre côté du chemin de fer, en face du collège, le quartier de la gare et la prison. Ah, ce n'est pas le plateau de Joss, ici... il vous faudra prendre une voiture pour admirer un soleil couchant sur le Wouri !

Je me rappelle, vaguement, l'image d'un homme noir enturbanné, derrière des barreaux. L'exposition coloniale, 1931, où mon frère Henry, aviateur, m'avait accompagnée. D'abord les tigres en cage. Ensuite les hommes en cage. Je vois aujourd'hui, pour la première fois, des hommes noirs et libres. Ai-je pensé *en liberté* ?

Je complimente Victor Hugo sur son français.

— Mais je *suis* français ! Mon père, mademoiselle, est sénégalais. Il était à Verdun. Une charmante petite ville fortifiée qu'il appelait l'« abattoir ». La France a quelquefois donné des médailles aux tirailleurs, plus rarement des pensions. J'ai fini par obtenir la nationalité. Ce serait trop long à expliquer. Vous et moi absolument égaux, comprenez-vous ?

Des barrières ajourées délimitent la concession. Une cour de terre avec un arpent d'herbe. Des haies piquées de petites fleurs. On se gare au milieu des bâtiments blancs. Au-dessus de l'entrée, je lis : *Collège moderne de jeunes filles*. Victor Hugo klaxonne. Un homme grand, en chemisette et short clair, se dirige vers nous les bras ouverts.

— Charlotte Marthe ! Comme je suis heureux de vous rencontrer ! Dis-moi, Victor, combien je te dois pour l'essence ?

Victor Hugo secoue la tête et demande à assister aux cours d'anglais.

— Viens donc vendredi après-midi, classe de quatrième, quatorze heures, et pas de retard !

— À vendredi ! Bon repos, mademoiselle Marthe.

Victor Hugo allume une cigarette et s'éloigne. M. Gaucher porte ma valise ; je le suis.

— Des cours d'anglais ! L'Amérique, maintenant. L'Europe ne leur suffit plus.

On me pose les questions d'usage. Je lève la tête vers les arbres immenses plantés dans la cour. Je suis en nage. Je meurs de soif.

La case est à l'intérieur du collège.

— Depuis votre chambre, vous pouvez surveiller l'internat. Les élèves sont sous notre constante responsabilité. Jour et nuit. Semaine et week-end. Le collège est votre pays. Mais nous avons le temps pour les consignes, nous sommes ensemble jusqu'au 1er janvier.

Nous voici dans une pièce vaste et blanche. Des meubles simples, de fabrication locale sans doute. Larges fauteuils tressés, table basse. Nattes jetées au sol. Une métisse entre par la porte du fond. Elle traverse la pièce, un petit plateau à la main. Trois verres, une carafe pleine d'un jus orangé. M. Gaucher serre les doigts autour de son poignet.

— Ma compagne, Madeleine. On l'appelle Mme Gaucher.

Il doit être six heures du soir. Il fait encore jour. Les Gaucher parlent du collège, j'entends à peine. Je lutte contre la fatigue. Contre la pensée triste qui s'immisce en moi : Charlotte, ta valise est posée. La nuit tombe d'un coup. Il est six heures trente. Les insectes bourdonnent autour de la lampe-tempête. Je n'en peux plus. Je m'excuse. J'entre dans une chambre dont je ne vois que le lit sous une moustiquaire. Je m'allonge tout habillée et m'endors aussitôt. J'ouvre les yeux en pleine nuit. Sur le guéridon, une carafe d'eau fraîche, une assiette enveloppée dans un chiffon. Sous le chiffon, une mangue, dont je goûte la chair trop sucrée avant de retourner au sommeil.

2 décembre

Je n'ai vu personne. Les élèves étaient déjà en classe quand on m'a accompagnée à la gare. Je jubile, malgré l'écrasante chaleur : je prends le train pour Yaoundé !

Près de moi, deux femmes en boubou serrent des paniers d'oranges. Elles parlent fort, leurs mots claquent, s'entrechoquent, suivent un rythme qui s'imprime sur celui, moins assuré, du train. Par les fenêtres grillagées, le même désordre coloré qu'hier. Les femmes aux corps confisqués. Les hommes oisifs. Les chemises dépourvues de dos, les chapeaux de feutre, les casques, les lunettes fumées. Vestiaire misérable. Tous les quinze kilomètres, le train fait une halte. À chaque gare la foule se presse contre les grilles, tend des marchandises. Des bras montent, attrapent, des biens s'échangent, des cris et quelques sous. Puis le train repart dans un frottement de rouille. Il traverse la plaine. J'aime l'idée qu'il ne contourne rien, qu'il lance ses rails droit devant. J'aime sa lenteur, ses bancs de bois, la poussière de charbon ; l'engourdissement de mes fesses habituées à plus de confort. Je suis ailleurs.

Mes deux voisines épluchent des oranges. La peau verte suinte une eau acide. Elles mordent dans la pulpe sans cesser leurs bavardages. Bruits de bouche, claquements de langue. Les heures passent. Mes yeux me piquent. L'air s'assèche. Sensation de brûlure. Le long des rails, les arbres sont couverts de poussière ocre. Les fromagers exhibent leurs fruits rougis, longs et lisses. Je colle mon front contre la grille. Ma tête balance doucement. Je laisse filer les kilomètres et ne m'accroche à rien. Le paysage perd consistance, ondule lentement. S'efface.

De temps à autre, la lumière traverse mes paupières. Parfois une ombre passe. J'entends sa voix. Je revois Yves Kermarec au-dessus des montagnes, et je n'ai pas peur. L'ombre est là, elle veille sur moi, c'est si simple. L'ombre s'approche. Je l'observe, immobile, entre les fentes de mes yeux. La ressemblance est frappante. Il s'assied face à moi. C'est un homme jeune. Vingt-cinq ans tout au plus. Rasé de frais, impeccablement peigné. Short clair et chemisette. Il serre sur ses genoux une liasse de papiers dactylographiés. Il sourit.

— Sauf votre respect, vous devriez surveiller vos bagages, madame…

— Mademoiselle.

Je rapproche mon sac.

38

— Soit, *mademoiselle*. Une femme blanche qui voyage seule, c'est rare par ici. Surtout en seconde classe.

Je retiens un sourire d'orgueil. Ma laideur me protège, mais un homme frustré est prêt à tout pour un peu de tendresse.

— Qu'est-ce que vous faites au Cameroun, mademoiselle ?

— Marthe. Charlotte Marthe.

Le jeune homme me tend la main.

— Jean Trouvère. Enchanté.

Je cherche une réponse courte.

— Je suis directrice d'un collège de jeunes filles à Douala.

Je mens. Je suis une femme qui part, monsieur, mais qui peut comprendre ?

Lui fait un voyage d'études. Il cherche un lieu pour installer une communauté de travail avec mille cinq cents réfugiés parqués dans des camps en Allemagne. Il parle sur le ton détaché d'un infirmier ou d'un comptable qui déclinerait sa profession.

— J'hésite entre le Cameroun, les hauts plateaux de Madagascar et le cercle de Labé en Guinée. Il y a aussi l'hinterland guyanais et la Nouvelle-Calédonie…

On pourrait croire qu'il évoque ses prochaines vacances.

— Comment vous est venue une telle idée ?

Jean Trouvère raconte qu'il a échappé au Service du travail obligatoire en Allemagne. Il a passé quelques années en usine à Grenoble comme ajusteur-fraiseur. Après la Libération, il a terminé l'école des Hautes Études Commerciales. Pour lui et ses camarades, le souvenir de la vie ouvrière, des solidarités développées pendant plusieurs années à l'usine, au sein de la Résistance et dans la déportation valaient bien HEC. Ils ont décidé de remettre sur pied une usine sinistrée et de créer une communauté de travail.

— Et vos études ?

— Tous nos loisirs y sont passés !

Le jeune homme parle de modèle sioniste de colonisation, de villages coopératifs en Amérique, de fermes collectives en URSS, de coopératives ouvrières espagnoles… Il projette la « mise en commun des moyens de production », évoque la « suppression du salariat ». Il a tout d'un Russe. Il mentionne le Rassemblement communautaire français, dont je n'ai jamais entendu parler, le mouvement Économie et Humanisme, je crois, dont j'ignore tout.

— Le concept est simple : une communauté ouverte aux indigènes, loin du modèle capitaliste et hors de la mouvance communiste, vous comprenez ?

Il est peut-être anarchiste ? Pourtant il dit que *Le Figaro* et *Témoignage chrétien* ont publié beaucoup d'articles au sujet de son projet. Robert Schuman l'a contacté. Les réfugiés, c'est son idée. Des descendants de Lorrains qui ont colonisé les marais autour de Timisoara, à l'appel de l'impératrice Marie-Thérèse. Ils ont fui devant les Russes. Ils n'ont plus rien à perdre.

40

— En somme, monsieur Trouvère, vous êtes venu construire un monde nouveau ?

— On peut dire cela. Et vous ? Pourquoi êtes-vous partie ?

Un caquetage assourdissant annonce l'approche d'une gare.

— Pour partir.

Jean Trouvère me tend un sachet d'arachides. Nous grignotons, en silence, jusqu'à Yaoundé.

À Yaoundé, il fait nettement moins humide qu'à Douala. Je m'aperçois que d'autres Blancs ont voyagé en première classe. On les attend sur le quai. Des familles, des domestiques parfois vêtus comme les gens de maison en France. Un indigène interpelle Jean Trouvère.

— Au revoir, Charlotte Marthe. Nous nous reverrons peut-être, qui sait ?

Je lui souhaite bonne chance.

— Merci. À vous, je souhaite d'arriver.

Non loin, un jeune boy fait les cent pas, un écriteau à la main : « Bienvenue Mademoiselle Marthe. » Je vais à sa rencontre. Il me conduit à travers les rues de Yaoundé. Explosion de couleurs. Vert des manguiers, rose des bougainvilliers, rouge des flamboyants. Je retrouve partout les fleurs grasses des lithographies exotiques que ma mère accrochait au-dessus de son lit.

Nous arrivons chez les amis des Gaucher, les Perron.

Mme Perron est une femme d'intérieur, ce qui consiste à s'assurer de la propreté de toutes choses — vêtements, aliments, pièces à vivre infestés de cafards, d'araignées, de mantes religieuses. Mme Perron est aux petits soins pour son mari. Elle cuisine. Elle n'emploie que deux domestiques, pour le ménage et pour le linge. Elle est mère de cinq enfants, dont deux sont scolarisés. Pour se distraire, elle participe deux fois par semaine à un atelier de broderie et à un groupe de prières. Cette existence me terrifie.

Heureusement, le café est excellent. Un arabica, je crois, des hauts plateaux de Dschang, au nord de Douala. Une région très agréable selon Mme Perron, où les Européens en mal de vraies saisons trouvent un peu de fraîcheur. J'observe les cinq petits, de quelques mois à neuf ans, qui jouent par terre. Blonds comme la paille, ils ont la peau diaphane. Des veines bleues affleurent sous les tempes. Ils me rappellent les enfants carencés que j'ai connus pendant la guerre.

M. Perron rentre juste avant la nuit. Il demande qu'on allume bougies et lampes-tempête. La case n'a pas l'électricité. Ce manque de confort me rassure. J'aimerais me laver au ruisseau, coucher sur un sol dur sous les étoiles. M'éveiller avec la sensation du ventre creux. Mais on m'offre un dîner sous la véranda, un lit. De l'eau tiède pour la toilette, et le noir absolu, une fois les volets tirés.

Ce matin, rendez-vous à la direction de l'Enseignement. C'est mon seul interlocuteur au Cameroun. Je m'inquiète.

M. Perron m'a accompagnée. On m'a fait patienter deux heures.

— Vous dites ? Marthe ? Marthe comment ?

— *Charlotte* Marthe.

— Marthe… Marthe Évelyne, Marthe Françoise… non, je ne vois pas. Où dites-vous enseigner ?

— Je suis directrice du collège moderne de jeunes filles.

L'homme a froncé les sourcils.

— À Douala ?

— Il n'y a qu'un collège…

L'homme n'était pas prévenu de mon arrivée. J'étais stupéfaite. Il a ri.

— Vous n'avez pas idée du nombre de dossiers que nous traitons ! Écoutez, revenez vers quatre heures. Nous allons voir ce que nous pouvons faire.

M. Perron m'attendait dehors.

— Je ne veux pas vous décourager, mademoiselle, vous êtes sûrement pleine d'enthousiasme. Malheureusement, cette mauvaise volonté ne me surprend pas.

Selon lui, l'enseignement public est mal considéré de l'administration. En éduquant les indigènes, les enseignants les soustraient à son autorité. Mon établissement promeut des filles, ce qui n'arrange rien.

M. Perron part travailler. J'ai trois heures devant moi. Je décide de me promener. Je n'ai pas idée de la direction à prendre, cela me plaît. J'avance. Dans ce quartier les cases sont en dur. Les rues sont larges, arborées, les fleurs sentent fort. Il passe quelques voitures. Je cherche le bruit, le désordre, la foule. Je marche vite. Un frisson d'excitation me traverse.

J'aperçois les premières boutiques. Je bifurque sur la gauche. La rue est plus étroite. Je ne regarde pas autour de moi, je veux sentir la vie qui palpite, le mouvement. Je brasse les sensations. Les odeurs de fruits trop mûrs, de graisse chauffée, de bois brûlé, d'urine. Les cris d'enfants, les accents inconnus, les explosions de moteur. Les couleurs sur fond noir. Je ne sais pas si l'on m'observe, je m'en moque. J'ai sur moi un peu d'argent. Je ne connais pas le prix des choses. J'ai faim. J'achète des bananes, un beignet brûlant dont l'huile coule sur mes doigts, un sachet de bonbons écœurants que je cède à une bande d'enfants. Une fillette a réussi à en attraper un. Les bambins se pressent autour d'elle. Ils la regardent ôter le papier avec soin, croquer la boule translucide qui s'émiette en cristaux minuscules et tendre la main à la ronde. Chaque enfant suce le bout de son index et prélève une part égale d'éclats de sucre.

Je marche. De moins en moins de ciment dans les constructions. Du bois, des feuillages, des assemblages curieux faits de métal, de cartons, de tout ce qui a perdu son utilité d'origine. Je croise le regard d'un homme aux yeux mi-clos, affaissé sur une vieille chaise. Ni endormi ni éveillé, il semble flotter entre deux mondes. Je sais qu'il voit à travers moi. J'ai envie de fuir, de retrouver les allées propres et fleuries des beaux quartiers. Je cherche une colline familière, emprunte un sentier au hasard. L'homme immobile me voit encore. La pente est forte, je grimpe, mes muscles tirent, je suis en nage. Au sommet de la colline, je regarde la ville étendue au soleil. Elle tremble. Je tremble. Pour la première fois depuis douze ans, j'ai le souffle coupé.

— Tiens, mais vous êtes ici ! crie Mme Perron en marchant dans ma direction. Je sors de l'hôpital général. Je me demandais si vous retrouveriez votre chemin !

J'avoue que je suis perdue. J'essuie mon front. Il est bientôt quatre heures. Je redescends vers la ville escortée de Mme Perron et de son boy Oyôno.

L'homme du matin me reçoit. Il manque toujours des pièces à mon dossier.

4 décembre

Malade toute la nuit. Le beignet d'hier, sûrement. Je n'ai pas osé l'avouer aux Perron.

M. Perron devine beaucoup de choses. Entre deux tartines, il m'a dit que les Africains ont leurs territoires. Il ne faut pas que les Blancs s'y aventurent. J'ai compris que les villes sont traversées de frontières. Je ne les connais pas encore.

Je suis rentrée à Douala par le train de midi. J'ai dormi. J'ai serré contre moi mon bagage. Je n'ai pas revu Jean Trouvère.

6 décembre

J'apprivoise New-Bell, mon quartier, aux portes du collège. Quelques cases en dur et un dédale d'habitations précaires et surpeuplées. Les maladies prospèrent. Selon M. Gaucher, la mortalité infantile atteint des records. Les femmes acceptent tous les enfants que Dieu leur donne. La médecine n'est pas l'alliée de Dieu.

Le peuple de New-Bell défile devant ma fenêtre. D'après mes hôtes, une mosaïque d'Africains étrangers et d'ethnies allogènes où les Bamiléké dominent. Des exilés que la ville attire puis ferre dans la misère. Le matin, je pousse les volets et ils entrent dans ma chambre, leurs odeurs, leurs bruits. Hommes, femmes, enfants, ils marchent, le destin posé sur la tête, face à ma vie pétrifiée dans l'attente. Je lutte contre le chagrin qui fait son chemin à travers tout ce vide, contre la pensée de l'homme que j'ai fui.

Je me demande si le dévouement naît toujours d'une souffrance. Où serais-je si l'on m'avait aimée ?

Je suis étonnée de ne pas être au travail. Je n'ai qu'un mois pour tout apprendre. C'est court et personne n'est pressé de me préparer à mes fonctions.

Hier matin, M. Gaucher a proposé de mettre Victor Hugo à ma disposition afin de mieux connaître la ville. J'ai demandé à quel moment nous évoquerions mon poste. On m'a répondu que nous avions tout le temps, que je devais profiter de ces jours au calme. Au déjeuner, j'ai obtenu un rendez-vous avec l'économe. Malheureusement souffrante, elle a dû rentrer chez elle. Le soir, dîner en tête à tête avec mon hôte. Sa compagne était au lit — maux d'estomac. Lui était épuisé, il m'a demandé de lui parler de moi. Nous nous sommes couchés tôt, j'ai mis plusieurs heures à trouver le sommeil.

Aujourd'hui, Victor Hugo m'a conduite au marché principal. Point de joyeuse pagaille colorée, comme je l'imaginais. Une seule scène charmante : l'arrivée du ravitaillement par pirogues, sur la rigole Bességué. L'endroit est sale, je n'ai rien eu envie d'acheter. Les Gaucher connaissent sans doute des marchés plus agréables. Je n'ai pas osé poser la question à Victor Hugo, de peur de l'offenser. Ensuite, un tour sur les terrasses au bord du Wouri, jusqu'au lieu-dit Mât-de-Pavillon. Je pensais qu'il s'agissait d'une véritable promenade le long du fleuve, mais on ne fait pas cent mètres. Par temps clair, chose rare à Douala que l'océan plaque dans la brume, on peut apercevoir l'île espagnole de Fernando Poo. Le temps était nuageux.

Nous avons continué jusqu'au plateau de Joss, le quartier historique bordé par la fameuse allée des Cocotiers, l'itinéraire classique des dimanches après-midi. Splendide. Jamais je n'ai vu de si grands arbres. Une autre fois, j'irai au bois des

Singes et sur la route Razel, dont les Perron m'ont parlé. Il faut absolument que je passe mon permis de conduire. Victor Hugo est très serviable mais je ne veux plus de surveillance rapprochée.

7 *décembre*

Je compte. Vingt-trois jours encore avant le départ des Gaucher. L'oisiveté m'est insupportable. La chaleur est écrasante. Je reste au collège car une femme blanche ne fait pas seule, à pied, le trajet de trois kilomètres jusqu'au centre-ville. Je me rappelle les conseils de M. Perron. Je reste à ma place.

Les Gaucher n'ont que très peu de temps pour moi. Ils sont débordés de travail. Ils enseignent, coordonnent l'équipe des professeurs, surveillent le dortoir et la cantine. Ma hâte les étonne. Leur étonnement m'exaspère. Bientôt je serai seule.

J'ignore tout du reste du monde. Les Gaucher ne reçoivent aucun journal, ils n'ont pas de poste de radio. On m'a dit qu'une station locale émettait quelques heures par jour. Cela m'aurait distraite.

Les Gaucher vivent dans une paix étrange. Leur vie s'arrête, peu ou prou, à la porte du collège. Cette quiétude semble avoir atteint tous leurs amis. Est-ce un confort nécessaire à leur dévotion aux élèves ?

L'avion à l'aéroport du Bourget. J'étais à l'intérieur, les bagages en soute. Ceinture bouclée, prête à l'envol. L'attente sur la piste semblait ne devoir jamais finir. Je ne m'intéressais pas à mes compagnons de voyage, je ne me souviens pas du temps qu'il faisait. Il ne reste rien des odeurs, des bruits. Les couleurs se sont effacées. J'étais à l'entre-deux, qui n'est pas un lieu, qui est hors du temps. Le néant.

Dans l'intervalle qui me sépare du 1er janvier, je ne suis nulle part. Je ne sais rien des gens qui m'entourent. J'attends le mouvement des hélices. Le futur n'a pas de contour. Le présent n'existe pas. Le passé s'engouffre dans ce vide.

J'ai consulté le guide de Douala, offert à tout nouveau venu. Je situe le collège sur une carte sommaire, au sud-est de la ville. Un petit carré, les frontières d'un territoire minuscule dont j'ignore tout. J'ai lu, aussi, à défaut de vivre. J'ai regardé le peuple défiler devant ma fenêtre. La contemplation m'ennuie.

Tout à l'heure, alors que la maison dormait, je suis allée à la cuisine. Dans un tiroir, j'ai trouvé une paire de ciseaux. La lune était pleine. Le fils du boy Mézoé était caché sous l'escalier. J'ai vu ses yeux. Il s'est enfui comme un chat. J'ai rejoint ma chambre. J'ai allumé une lampe-tempête. Je me suis regardée dans la glace. J'ai soulevé une mèche de cheveux. J'ai coupé. Une deuxième. Une troisième. Les fils bruns sont tombés à mes pieds.

Quand tout a été fini, je me suis regardée dans le miroir. Pas un cheveu plus long que le lobe de l'oreille. Une Charlotte neuve. J'ai pleuré.

Tout est si lent. Yves, tu as tant d'espace. Je coupe mes cheveux parce que je ne peux pas trancher dans mes souvenirs.

9 décembre

Les Gaucher m'ont complimentée pour la coiffure. Il était sept heures du matin. Ils n'ont pas fait de remarque sur ce changement nocturne.

Il est treize heures. Je n'en peux plus. Je vais tomber malade. Je ne m'explique pas le peu d'entrain des Gaucher. Je vais me débrouiller pour comprendre le fonctionnement du collège.

Je me suis promenée dans le collège. Il n'y a pas eu de présentation formelle aux élèves, elle aura lieu au moment des vacances de Noël. La rumeur a déjà, sans doute, fait son chemin.

Les domestiques ne sont que deux : un boy, Mézoé, et un cuisinier, Élie, qu'on appelle « cook », à la mode anglaise. C'est sans doute plus chic. Les élèves participent à l'entretien des bâtiments, lavent leur linge et préparent en commun une partie des repas. Une façon de combler l'insuffisance de personnel. L'enseignement public manque vraiment de moyens. Les Gaucher ont une explication : comme dans beaucoup de colonies, les religieux ont précédé l'État. L'éducation a d'abord été assurée par les congrégations. Les Allemands n'ont pas dérogé à la règle. En dépit de son drapeau laïc, la France doit y trouver son compte. On manque du minimum. La marmite pour la cuisine est une énorme lessiveuse posée sur trois pierres à même le sol, entre lesquelles un feu est allumé. La cuisson dure des heures. Rien ne se conserve. Il faut chaque jour recommencer l'exercice et, pour gagner du temps, consommer à midi et le soir la même nourriture. Les matelas du dortoir partent en charpie. Les pieds de lits sont branlants, tiennent par des réparations ingénieuses mais provisoires. Ma situation est tout aussi précaire. Pas de nouvelles de la direction de l'Enseignement. Yaoundé ne répond pas à mes appels. Il me reste très peu d'argent. Je doute de pouvoir passer Noël sans encombre si je ne reçois pas mes indemnités.

Devant moi, pour ne pas me décourager, les Gaucher ravalent leur rancœur. Mais l'économe et les professeurs se confient plus facilement : subventions jamais reçues, paies retardées, demandes de congés restées sans réponse. Mme Lainé, l'économe, une aimable petite femme dont le mari exerce la même fonction à l'école professionnelle, a eu cette phrase : « Je ne veux pas vous déprimer, mais il faut avoir la foi, vous savez. » J'ai repensé à la foi de Jean Trouvère, à cette épaisseur intérieure. Mme Lainé dit juste. Je dois avoir la foi.

C'est décidé : je me charge des classes d'anglais. Ma proposition est d'autant mieux reçue que Mme Duchâble, le professeur habituel, doit s'absenter plusieurs jours. Il n'y a pas de surveillant pour assurer la permanence. Il n'y a pas de surveillant du tout.

Organisé un déjeuner avec l'économe et l'ensemble des professeurs. Pas de discours officiels, je veux laisser les Gaucher terminer tranquillement leur mission.

Depuis la cour, j'entendais le gai brouhaha du réfectoire. Je suis entrée, ils ne m'ont pas vue. Ils grignotaient de petits bouts de pain, remplissaient les verres. François Gaucher m'avait laissé la place d'honneur. Je me suis assise, ils se sont tus. Vingt-deux yeux se sont tournés vers moi.

À ma droite Fanny Duchâble, le professeur d'anglais. Son mari, fonctionnaire du Trésor, s'est installé à Douala avant la guerre. C'est une femme toute menue, au parler provençal, qui récite Frédéric Mistral dans le texte. Elle m'a fait passer un petit test de « pidgin », mélange surprenant d'anglais et d'accent local, que je comprends parfaitement. J'ai ri aux éclats ! Son anglais des garrigues a de quoi surprendre. Ajoutez une once d'accent duala, le résultat est tordant. Ainsi, l'anodin échange : « Will you come by the end of the month ? Yes, I will » devient-il en pidgin marseillais : « Yu go com*eux* for*eux* mun*eux* ? Yes*eux,* a go bi. » Échec absolu me concernant, en particulier devant cette improbable traduction : « Appelle le menuisier. Ouvre cette caisse et fais attention : il y a des verres dedans... » « Go call*eux* kabinda. Hop*eux* dis box*eux*, you go hopam*eux* but*eux* lukot*eux* fein*eux* glas*eux* i lif*eux* for inseid*eux* » !

Mme Frézières, professeur d'éducation physique, est une militante : la cour ne suffit pas aux élèves. *Elles s'amollissent !* Selon elle, on prend pour de la docilité ce qui n'est qu'une lassitude engendrée par le manque d'activité physique. Fanny Duchâble, professeur d'anglais, accuse Mme Frézières de confondre les petites avec *les sacs à patates de Béziers* — j'imagine qu'elle parle des joueurs de rugby. Pierre Merlet, professeur d'histoire-géographie, appuie le constat de Mme Frézières. Il suggère une séance hebdomadaire au stade Jean-Michel, où il a ses entrées. Il y passe ses dimanches.

Un petit groupe de trois pouffe dans le fond : Edmond Diamart et Isabelle Sorgan, respectivement professeurs de mathématiques et de science botanique — ou l'inverse ? —, Éliane Grassette, longiligne professeur de français à l'incongru nom de famille. Diamart lance à travers la table :

— Dites donc, Merlet, de quoi parlez-vous exactement ? Du football que vous regardez assis sur le banc de touche le dimanche, votre album sous le bras ? La collecte de timbres n'est pas un sport...

Là, merveille. Merlet, qui s'attendait aux sarcasmes récurrents de Diamart, pose sur la table un album de philatélie. Diamart louche dessus avec les yeux d'un gosse. Merlet me le tend avec déférence.

— C'est un petit bijou.

Les timbres ne sont pas ma tasse de thé.

— Regardez, une rareté : le vert olive « Côte d'Ivoire » de 1892. Et là, ne sont-elles pas belles ces femmes ? La Bacongo, la Togolaise, la Bakalois ! Ici, une folie : la mosquée de Bobo-Dioulasso. Je suis en passe d'obtenir celles de Djenné et de Djourbel. Je n'ai pas gardé le Pétain, vous comprendrez… Mais ce « De Gaulle », n'est-il pas superbe ? Ils se moquent, mais c'est de l'histoire tout ça ! Je travaille tous les jours avec mon album. Les élèves adorent ça.

La passion vaut tous les manuels scolaires.

Marie-Laure Delorme, professeur d'arts ménagers, parle peu et mange beaucoup. Elle sourit d'un bout à l'autre du déjeuner. Deux professeurs restent en retrait. Au mieux, ils acquiescent. Louise Dupré-Maubert, professeur de français, une femme distinguée qui ne doit pas parler pour ne rien dire, et Marie Froussant, professeur stagiaire à peine sortie de l'École normale.

Les Gaucher se taisent. Ils s'amusent. Ils observent. Ils se retirent à petits pas. Satisfaits, sans bruit.

À quinze heures, une classe de sixième. Dix ans d'enseignement, et j'ai encore le trac.

Les douze jeunes filles se lèvent à mon entrée.

— Good afternoon, ladies !

— Good afternoon, Miss Marthe !

Le silence est parfait. L'immobilité totale. Je

rejoins ma table. Lorsque je lève les yeux, douze visages me regardent, identiques ; et autant d'uniformes blancs à carreaux.

— Sit down !

Elles s'assoient d'un seul mouvement. Elles retrouvent leur immobilité. Je fais l'appel, j'écorche des noms qui déclenchent des rires étouffés. Je commence le cours.

J'aimerais les regarder avec plus d'attention, chercher le détail qui les distingue les unes des autres. Elles répètent chacun de mes mots. Leurs voix diffèrent. Je les situe sur une échelle, du grave à l'aigu. Pour l'instant, elles n'ont pas de visage.

Elles lèvent le doigt pour répondre. Elles s'expriment lentement, elles exagèrent l'articulation. Voici la balbutiante élite féminine du Cameroun et de l'Afrique. À leur âge, leurs mères étaient mariées, elles élevaient déjà plusieurs enfants. Elles ont entre quatorze et vingt-deux ans. Les quelques petites Françaises inscrites à New-Bell ont l'air de poupées fragiles, à côté de ces corps mûrs pour la maternité.

Les élèves sont appliquées, leurs cahiers tenus avec soin. Elles ne s'interrompent jamais les unes les autres. Point de bavardage. Leur docilité est un peu endormante. Qu'on est loin du joyeux chaos de mes classes italiennes, de l'insolence des jeunes filles anglaises qui excitait leur vitalité intellectuelle ! On a maté ces petites Camerounaises. M. Gaucher s'en justifie : les filles sont battues par leurs pères, elles le seront par leurs maris. La violence fait partie de leur vie. Pour esquiver les coups, elles sont devenues virtuoses du mensonge et de la dissimulation. Une discipline de fer et des sanctions exemplaires sont les seuls moyens de se faire respecter, et donc de les éduquer.

Les Gaucher sont intraitables sur le règlement. Le dortoir et les classes sont parfaitement tenus. Les élèves obéissent au coup de sifflet. Silence, en rang par deux. Au pied de leur lit comme derrière leur banc, elles se tiennent au garde-à-vous. Il faut les voir, la nuit, à la lumière des lampes-tempête posées à chaque extrémité du dortoir. Allées de robes claires, spectres graciles, la peau fondue dans l'obscurité. Elles se couchent au signal.

Les élèves ne portent aucun signe distinctif. Leur uniforme prévient toute fantaisie, en particulier cette mode coloniale qu'elles ont adoptée en dehors de l'école : le casque blanc. Au collège, elles doivent nouer un mouchoir de tête réglementaire. Toute désobéissance est sévèrement punie : privation de nourriture, travaux domestiques exténuants, expulsion si récidive.

J'ai assisté à une scène étrange. C'est la récréation de dix heures, les élèves bavardent dans le beau jardin qui fait office de cour. Un petit groupe se forme devant le bâtiment principal. Les corps se rapprochent, tellement serrés qu'on ne distingue pas ce qui se passe derrière. François Gaucher est en train de discuter avec moi. Il aperçoit le mouvement des élèves. Il se précipite sur le sifflet et marche à grands pas vers le groupe qui se disloque aussitôt. Il ne prononce pas un mot. Six filles reçoivent deux monumentales paires de gifles qui les font vaciller. Elles baissent les yeux, ne bronchent

pas. Une toute jeune sort de l'ombre à pas hési-
tants. Dans sa main, un mouchoir de tête en lambeaux. Sa joue droite saigne. M. Gaucher examine
la blessure.

— File voir Mme Gaucher.

Il envoie les autres préparer le repas pour toutes
les élèves. Elles monteront au dortoir sans dîner.
Mézoé leur donnera du tissu, du fil et une aiguille.
Demain matin, dès six heures, Marie-Claire doit
porter un mouchoir de tête flambant neuf. Corvée
de ménage pour toutes pendant une semaine.

Les élèves se dispersent. François Gaucher me
rejoint.

— Qu'est-ce qui s'est passé ?

— Une brimade. Duala contre Béti.

Il range son sifflet.

— C'est monnaie courante, mais elles en viennent rarement aux mains.

Il dit que les Duala sont très fiers. Le littoral est
leur terre d'origine, ils sont ici chez eux. Pas de
domestiques parmi eux, très peu de manœuvres.
New-Bell accueille toutes sortes d'étrangers à qui
sont réservées les tâches ingrates. L'orgueil des
Duala est mal supporté des autres ethnies. À l'école,
on ne peut pas admettre ces rivalités de clan.

Je me tais. À côté de la brutalité ambiante, les
claques de mon père semblent des caresses. Faudra-t-il toujours en venir aux coups ? Je ne m'y
résous pas.

Malgré l'incident, belle journée. Ces cheveux, ce
n'est pas si mal. J'ai moins de cernes, et une énergie sans bornes.

Enfin un vrai dimanche ! Ennui de ces semaines où chaque jour fut un dimanche.

Depuis deux jours, examen des livres de comptes. Les finances vont mal. Au moins, je le sais.

J'ai aussi enseigné l'anglais à trois classes. Les petites Françaises sont énervantes. Leur vie d'enfants gâtées les prédispose à la paresse. Ici, elles vivent entourées de domestiques et sont choyées comme des princesses. Les Africaines connaissent mieux les vertus de l'effort. Elles réussiront à apprendre un métier.

Les parents des Gaucher sont arrivés de France. Un couple d'agriculteurs pleins de bon sens et de générosité. Ils ont apporté un vin excellent. Ce matin, ils m'ont accompagnée à la messe. Nous nous sommes levés à cinq heures trente. La chaleur n'était pas encore descendue. L'air scintillait comme une soie. Le jour était lavé. Le peuple en marche devant ma fenêtre traversait cette transparence, tout semblait neuf : les contours, les peaux, les vêtements. Envie de chanter.

Dans l'église, une foule innombrable. Debout, recueillie. Des Noirs. Mgr Gonneau nous fait signe de nous asseoir sur des sièges réservés au premier rang. Je suis horriblement gênée. J'obéis. Je m'engouffre dans le passage qui s'ouvre devant moi. Je m'assieds à la place désignée. J'aperçois un peu plus loin un groupe de nos élèves en uniformes blancs. Je prie le Seigneur qu'il pardonne ce stupide cérémonial.

La messe dure deux heures trente. C'est insensé. Sermon en pidgin. Au terme de ce calvaire, les parents Gaucher, toujours pimpants, offrent à l'ecclésiastique une bouteille de pineau des Charentes. J'espère qu'elle égayera ses prochaines messes.

J'en veux à Mgr Gonneau. Je reviendrai dans cette église debout au côté des Camerounais. Ou bien je ne reviendrai pas.

15 décembre

Toujours pas de nouvelles de mes papiers. Je n'ose plus en parler aux Gaucher, qui sont sur le départ. Il ne leur reste que trois jours de classe ; ils sont déjà en France. Je vais devoir emprunter de l'argent ou renoncer à rembourser mes dettes.

Hier soir, après plusieurs heures passées dans les livres de comptes, j'ai assisté à un « small chop ». Une sorte de petite réception avec cocktail dînatoire, formule très répandue ici. « Parfait pour les rencontres », a dit Madeleine Gaucher, m'encourageant à accepter l'invitation. À l'exception de l'hôte, un architecte qui partait le surlendemain pour s'installer au Sénégal, des gens d'une vulgarité extrême. Tous des travailleurs du bâtiment, probablement les employés de cet hôte si distingué. Trois femmes fardées à outrance m'ont informée de leur ennui profond, donné une leçon d'hygiène coloniale et fait promettre la voix tremblante de nettoyer chaque soir mes ongles avec une aiguille, sous peine d'attraper des puces chiques. Une effrayante pauvreté de conversation. Que sont venus chercher ces gens ? Qu'ont-ils dans le ventre ?

Un certain Jacques Fronteny m'a abordée dès les premières minutes.

— On est venus faire sous les tropiques ce qu'on faisait en banlieue nord, chère madame Marthe.

— Mademoiselle.

— Payés deux fois plus. Et vous ?

— Je suis directrice du collège moderne de jeunes filles, à New-Bell.

— Collège moderne de jeunes filles… ça sonne bien. Et qu'allez-vous en faire, des jeunes filles ?

Je ne suis pas douée pour le cynisme.

— Des femmes responsables, j'espère. Éduquées, avec un vrai métier si possible.

— Ah… vous cherchez les problèmes ?

— Pourquoi dites-vous cela ?

Jacques Fronteny a éclaté de rire.

— Vous allez vous mettre à dos tout le monde… je vous vois venir, chère madame…

— Mademoiselle.

— … pleine de bonne volonté, prête à dédier toute votre énergie à ces filles ignorantes, grignotant chaque jour davantage l'autorité du père, du futur mari, de l'administration coloniale…

L'hôte architecte nous a rejoints.

— Charlotte Marthe ! Ma femme ne quitte le Cameroun que dans trois jours. Elle connaît parfaitement Douala et serait enchantée de passer un moment avec vous demain. Quand peut-on venir vous chercher ?

Rendez-vous est pris pour dix heures.

Jacques Fronteny a regardé s'éloigner la haute silhouette et terminé d'un trait son verre de bière.

— Des négresses évoluées, je voudrais voir ça ! Le pendant féminin de ces pauvres hères prêts à vendre leur âme pour nous ressembler. Ils se pavanent dans leurs villages, habillés comme des princes : chapeau de feutre, costume gris, lunettes cerclées de dorure… ils plantent dans le cœur de leurs frères fascination et envie, quelquefois la haine. Des jeunes filles « modernes » à Douala… quelle bonne idée !

Je devais répondre quelque chose.

— Je crois à l'éducation.

Jacques Fronteny m'a dévisagée, goguenard.

— Phase un, *mademoiselle* Marthe.

— Pardon ?

— C'est le stade extatique. Vous êtes enthousiaste, débordante de courage et d'idées à la descente de l'avion. La phase deux viendra dans quelques mois, lorsque vous aurez un peu mieux apprivoisé les lieux. Vous verrez, la flamme survivra, mais brûlera moins fort. Phase trois, dans un an environ…

— C'est ridicule.

— Vous commencerez à percevoir la déception. Phase quatre, nul ne peut la dater. Ce sont les premiers signes de découragement, juste avant la catastrophe. Phase cinq ou stade de la sagesse : acceptation de la fatalité. Douce résignation. Ou bien : retour au pays dans les plus brefs délais. Commencez tout de suite à la phase cinq, vous éviterez bien des désagréments... Prenez les choses comme elles sont. Vous verrez, avec le bon vin, tout passe !

J'ai pincé ma peau sous le tissu de la jupe. Je lui ai dit qu'il était odieux.

— Vous voyez bien... Phase un ! Sourde à la voix de la raison, de l'expérience. C'est votre cœur qui parle, Charlotte Marthe. Dans quelque temps nous en rediscuterons, et nous rirons bien. Bienvenue, madame la directrice !

Le verre vide de Jacques Fronteny a tinté contre le mien. Je me suis éloignée, furieuse de n'avoir pas su lui clouer le bec. J'ai retrouvé mon accompagnateur, qui s'amusait beaucoup. J'ai dû feindre un léger malaise pour le contraindre à me reconduire à New-Bell.

Je me suis endormie un peu amère.

Je sors du cinéma des Portiques. Monique Guerrin, l'épouse de l'architecte, est revenue me chercher après les cours. Les malles sont bouclées, elle s'ennuie. Elle a été infirmière et a formé beaucoup de jeunes filles dans les hôpitaux. Dommage qu'elle s'en aille. J'aurais aimé avoir près de moi une personne courageuse et dévouée à qui me confier.

Nous avons vu *Jeanne d'Arc*. C'était un « jour des Africains ». Nous étions les seules Blanches. La salle était comble. L'actrice était une jeune fille pâle, blonde aux yeux bleus comme il se doit. Que

représente Jeanne d'Arc pour les indigènes ?
Pourquoi nous résistent-ils si mal ?

16 *décembre*

Quatre heures d'enseignement aujourd'hui. Trois heures de corrections de copies. Bonne journée.

17 *décembre*

Promenade dans New-Bell avec Monique Guerrin. Elle dit que les Africains sont de grands enfants. Beaucoup de Blancs pensent qu'ils manquent de responsabilité et d'ambition. Qu'ils doivent être tenus par la main, qu'ils ne savent pas exploiter leurs ressources et se projeter dans l'avenir.

J'ai marché, à l'écoute de la vie autour de moi. Il était dix heures du matin, la rue bruissait des gestes quotidiens : vêtements qu'on essore dans la bassine, martèlement des outils sur le seuil d'une case, babil des femmes devant une marmite, entourées de marmaille hurlante ou assises devant leur porte, des marchandises étalées devant elles. Elles ne cherchent pas vraiment à vendre, bavardent à l'ombre, échangent des phrases de part et d'autre de la rue. Des enfants en guenilles roulaient dans la poussière, excitaient un cafard ou fabriquaient de petites voitures en écorce de palmier. Des moteurs vrombissaient. Au coin d'une rue, des hommes s'esclaffaient de la chute d'un autre. Un rire

63

sonore, énorme, roula sur les bruits tout autour. Je
me suis arrêtée à quelques pas. Chez nous, seuls les
enfants sont capables d'une joie pareille.

— Vous avez raison. Ce sont des enfants. Quelle
chance, Monique.

Suivre des yeux le vol d'un insecte. Raconter des
histoires. Écouter des histoires. Dessiner des chimères dans la terre, peler des légumes à plusieurs.
Jouer avec des graines. Rire pour rien. *Magnificat.*
Comme saint François, ces hommes pourraient
étendre les bras au milieu d'un champ, ils se cou-
vriraient d'oiseaux. J'aimerais retrouver aussi,
dans chaque geste, le bonheur des premières fois.
Moi qui n'aurai jamais d'enfant.

Je ne peux pas seulement les contempler.

Je suis ici pour déranger un paysage immobile
depuis des siècles. Le Cameroun est un mandat, il
devra se passer de la France. Je regarde une jeune
fille dans le soleil : accroupie devant une petite
table, elle pétrit une pâte brune, comme sa mère,
sa grand-mère et toutes les femmes avant elle, du
même mouvement de bras, offrant la même sueur
à la terre qui produit, aux hommes, aux enfants
qu'elle nourrit et qui la dévorent. Cette jeune
femme, c'est ce qu'il y a de meilleur et ce qu'il y a
de pire. Si elle entre au collège, chercher en elle
l'enfant, qui croit que tout est possible. Et tuer en
elle l'enfant, qui ne peut pas être libre. Comment
m'y prendre ?

19 décembre

Des chiffres, des chiffres... cela m'assomme. J'admire la patience de Dominique Lainé. Nos crédits sont faits de promesses non tenues, souvent différées. Les débits sont toujours urgents. Tenir les comptes de cet établissement relève du miracle.

Trois heures de classe en cinquième.

20 décembre

Inlassablement ils marchent, et je les regarde. Grande première parmi les frasques vestimentaires des Camerounais : un homme en pyjama. Ciel laiteux aujourd'hui. La terre est safran, elle les nimbe d'or. Tuniques, pagnes, chapeaux, cuvettes en émail ont défilé dans le cadre de la fenêtre. Je sens le ciment sous mes pieds, solide et stable. D'où viennent-ils, ces gens ? Où vont-ils ?

Victor Hugo m'a dit : « Mademoiselle Marthe, nous autres, nos racines poussent à l'intérieur. C'est l'affaire de nos pères, mères, grands-pères et grands-mères de nous donner un nom et une histoire. L'école n'y peut rien. Nous marcherons toujours. »

C'est le dernier jour d'école avant les vacances de Noël. Un jour de fête.

Le spectacle des élèves a mal commencé. Deux sketches, l'un tiré du *Médecin malgré lui*, l'autre du songe de Daniel. Textes magnifiques, hélas tellement étrangers à ces filles. Elles n'ont rien compris. Ou plutôt, les professeurs n'ont rien compris à leurs élèves.

Les danses traditionnelles ont secoué mon ennui. Les jeunes filles fermaient les yeux. La terre frappée propageait ses vibrations dans l'herbe, les palmiers, les murs du collège, nous tous. La cour s'est emplie d'échos. Le battement de mon cœur se calquait sur la danse. Les filles formèrent un cercle. L'une d'elles se jeta à l'intérieur. Elle tournoya longtemps, autour d'elle on battait des mains. La poussière montait du sol, collait à son front, ses bras en sueur. Elle tremblait, se cambrait comme une possédée, la scène était terrifiante et superbe. C'était Marie-Claire, la petite Béti au mouchoir de tête mis en lambeaux, à peine reconnaissable au tissu neuf posé sur ses cheveux.

Nous avons bu de l'orangeade, du jus laiteux de corossol, mangé des biscuits au gingembre confectionnés par les élèves. Quelques membres des familles attendaient devant le portail. Les filles sont redescendues du dortoir vêtues d'habits de ville, coiffées et parfumées à l'eau de Cologne. Chacune sa robe, sa couleur de tissu, son épingle à cheveux, c'était curieux de les découvrir singulières. Toutes portaient à la sortie un casque colonial.

Le collège est vide. Silencieux. Les Gaucher dorment encore. C'est un lendemain de fête comme ailleurs ; léger mal de tête, nausée. Vague sentiment de solitude. Une journée pour rien, gonflée de fatigue, de paresse. Sans doute se passera-t-elle en bas, dans la pièce principale, au pied de l'arbuste aux branches nouées de rubans rouges.

Je pense à mes frères et sœur. À maman surtout, qui garde son clan serré autour d'elle comme un vêtement chaud. La seule personne à qui j'ai écrit depuis mon arrivée, en glissant çà et là des papiers carbones dans mon journal. Seul être qui n'a pas besoin d'explications. Elle m'avait accompagnée à la gare, le jour de mon départ pour San Remo, et murmuré : « Le pays de l'amour, c'est ton cœur. Ton exil ne changera rien. Le temps, peut-être. » Et même le temps, maman.

Nous avons passé Noël chez Merlet, le professeur d'histoire. Des jeunes gens, des enfants partout. Des cris, des chants, des jeux. Merlet et moi, seuls au milieu du bouillon familial. On a mangé, dansé un peu. Trop de monde pour faire connaissance. Qu'en restera-t-il ?

À minuit moins le quart, départ pour l'église de New-Bell. Bien que non croyants, les Gaucher étaient de la partie. Rues obscures, points lumineux des bougies, des lampes-tempête dans la nuit sans étoiles. L'église n'est pas électrifiée. De la porte ouverte s'échappait un murmure dense ; chuchotements et frottement des corps. Quand nous avons franchi le seuil, l'église était pleine. Des centaines de flammes oscillaient, tenues par des mains invisibles. Mes compagnons se sont frayé un passage. Ils ont enjambé les enfants, les hommes accroupis, les femmes assises par terre. Cette fois-ci, je m'y suis tenue : debout, avec les autres. Je me suis appuyée contre un mur, prise dans le filet des lumières, des cantiques qui peuplent l'Ancien Testament. À la fin, on a décroché les palmes fixées aux murs. Elles tournoyaient au-dessus des têtes et projetaient autour d'elles des ombres fantastiques. À la sortie, des taches oscillaient devant mes yeux comme lorsqu'on a fixé, un instant, le soleil.

Fin de nuit mémorable. J'ai dansé le tango avec l'inspecteur primaire jusqu'à l'épuisement. Retour au collège à quatre heures du matin.

Sur mon oreiller, j'ai trouvé un petit paquet. J'ai tourné entre mes doigts mon cadeau de Noël : un coupe-papier en ivoire. Pas encore de lettre à décacheter. Même la direction de l'Enseignement n'a rien envoyé. Officiellement ici je n'existe pas.

27 décembre

Dans quatre jours je prends mes fonctions.
Aucune nouvelle de Yaoundé.

31 décembre

Tout a disparu. Les papiers qui traînaient sur la table, les fleurs coupées, le panier de fruits mûrs. Ils ont emporté avec eux leur gai désordre. Les chaises sont glissées sous la table, les coussins bombent sur le canapé. La vaisselle est rangée dans le placard. Chaque bibelot est à sa place. Une locataire vient d'emménager, mais cette maison sent le départ.

Les Gaucher ont pris l'avion ce matin. Élie et Mézoé sont en congé jusqu'à demain soir. Pas une élève. Cette nuit, je suis seule au collège. Les volets sont fermés, les portes verrouillées. J'ai sur moi un énorme trousseau de clés ; l'établissement tient dans ma poche. Dans deux jours, une autre vie commence.

Je dis que je suis seule. C'est faux. J'ai un mâle. Velu, la voix rauque. Agile et impertinent. Ses grands yeux me regardent. Il me questionne, la tête toujours penchée. Je l'ai nommé le Tordu. Il est le cadeau de départ offert par les Gaucher tout à l'heure ; un petit singe brun qui fait la grimace et se moque de moi.

Je n'ai pas voulu changer de chambre. Celle des Gaucher était nettement plus vaste, mais que ferais-je d'un grand lit ? Et puis la route me fascine. C'est de ma chambre que je la vois le mieux. Dans la clarté lunaire des silhouettes se découpent, toujours en marche. Des lumières tremblent, éclairant un visage, une étoffe. Les femmes portent leur destin sur la tête, doucement il se pose sur ma nuque.

J'ai marché dans les bâtiments vides, l'esprit traversé des sarcasmes de Jacques Fronteny. Je parcourais les couloirs, les escaliers muets. Le petit singe, dans mes bras, n'avait à m'offrir que les trous noirs de ses yeux.

Ce soir, réveillon chez les Lainé.

10 avril 1950

Je respire, l'air est frais. C'est merveilleux. Les pentes vert tendre dévalent au-dessous de la maison, à perte de vue. On a fendu l'espace autour de moi. Je m'éveille, prête à retrouver l'éternité grise de Douala, le poids de mes responsabilités. Mais je pousse les volets et la campagne fait irruption dans ma chambre. Mon regard fuit loin devant, arrêté ni par le marché de New-Bell, ni par le camp Bertaut ou les hauts murs de la prison. Pour la première fois depuis janvier, j'ai quitté mes élèves.

Plus de trois mois que je n'ai pas écrit. Tout mon être est voué au collège. Nuit et jour. Un soir, épuisée, je me suis assoupie à mon bureau avant l'étude. Une voix a dit : « Vous allez tomber malade. » J'ai sursauté. Fanny Duchâble était assise sur un fauteuil, en face de moi.

Elle m'a demandé d'accompagner à Dschang sa petite famille. On leur prêtait une maison pour les vacances de Pâques. Je n'hésitai pas longtemps. J'avais besoin de repos. Une forte fièvre m'avait épuisée le mois précédent, et nous étions usés par le climat électrique des dernières semaines de mars. Les tornades ne voulaient pas éclater.

J'ai retenu mon souffle jusqu'au départ. Un souci de santé, une élève restée seule, une visite de ministre… mille raisons pouvaient tout remettre en cause au dernier moment. Nous sommes tout de même partis, il y a trois jours. Léon Duchâble, fonctionnaire du Trésor, est, comme sa femme, d'une compagnie bruyante et gaie. Le petit Jean, huit ans, a pris place à l'arrière de la voiture, à côté de moi. Marie, le bébé de neuf mois, babillait au milieu. Pour une fois, je n'étais pas aux commandes.

Il a fallu une heure pour traverser le Wouri en bac. Nous avons pris la direction de N'Kongsamba à travers la forêt, les bananiers, les caféiers. Les routes sont creusées par les pluies, les ponts sans garde-fou. Nous avons fait une halte chez un ami des Duchâble, sous-lieutenant de la Première Guerre mondiale, qui vit ici depuis trente-cinq ans. Il nous a offert du vin de palme et gavés d'histoires féroces sur les tribus de la région.

À N'Kongsamba, une pause chez le directeur du collège de garçons, qui nous prête son chalet de Dschang. Le pays bamiléké me rappelle l'Auvergne. Vallées vertes, pentes douces, terres cultivées quadrillées de haies en rotin. C'est un grenier peuplé comme nos campagnes il y a cent ans, où l'on n'est jamais seul un instant. Quelqu'un se tient derrière chaque buisson. Lorsque je marche enfin dans le jardin parmi les roses de porcelaine, à mille sept cents mètres d'altitude, mes forces me quittent. Je ne triche plus. J'ai bien fait de suivre Fanny.

La pluie tombe dru. L'orage a duré une bonne heure, il s'est dissous dans le chuchotement d'une longue averse. L'eau glisse sur les plantes grasses, les larges feuilles des bananiers. Cette vision m'apaise. Goutte à goutte contre la vitre, murmure de la rivière en contrebas. L'aimable Mme Wanko, qui garde la maison, nous a offert un « ngonda mukong », gâteau traditionnel qui demande plus de trois jours de préparation. Je le déguste dans la paix de ma chambre.

Le constat est sans équivoque : ma vie sensible est morte, anesthésiée. Je l'ai cherché. Entre janvier et mars, je n'ai pas eu plus d'une heure pour moi. J'accomplissais tous les jours l'exploit de me lever et me coucher entière, après m'être battue contre la montre, contre le manque de tout. D'argent, de personnel, de soutien de Yaoundé. En semaine, ma journée commençait à cinq heures du matin. Journée interminable, semblable à l'Hydre de Lerne dont chaque tête coupée repousse en double. Pendant trois mois, j'ai traversé la cour à six heures moins le quart. Je montais au dortoir, je réveillais moi-même les élèves. Jusqu'à l'arrivée de Mme Berthe, nous n'avions pas de maîtresse d'internat.

Les cours commencent à huit heures. Entre-temps, surveillance du petit déjeuner, rangement du réfectoire, alignement des élèves devant les classes. Pendant toute la durée des cours, je m'efforce de rester à mon bureau, d'où j'effectue les tâches propres à mes fonctions. J'assume aussi le rôle d'infirmière. Je m'occupe de la bibliothèque. Mme Lainé, l'économe, me seconde autant qu'elle peut pour l'approvisionnement au marché, la comptabilité et l'intendance générale du collège dans la journée.

Bien entendu, je me rends dans chaque classe, salue les professeurs et m'entretiens avec eux au sujet des élèves. Je surveille les récréations, et jusqu'à l'arrivée de Mme Berthe, j'ai sonné les heures de début et de fin de sieste. Le chauffeur étant illettré, je confie les plis pour Douala à Dominique Lainé, qui a passé son permis de conduire et peut donc à ses risques et périls emprunter la canadienne. Mais il m'arrive de devoir les porter moi-même. Mon peu d'économies est passé dans un Vélo Solex ; je n'ai pas encore été payée, et n'ai de toute façon guère de temps pour prendre des leçons de conduite.

Je perds un temps fou à cause du téléphone. Pour des raisons que j'ignore, le branchement se trouve dans la lingerie. Je me déplace vingt fois par jour. Comme la ligne est mauvaise, je suis obligée de rappeler mes interlocuteurs toutes les cinq à six minutes. Avec quatre cent quatre-vingts abonnés au téléphone, on pourrait s'attendre à plus d'efficacité.

Jusqu'à la mi-mars, à partir de dix-sept heures, j'étais seule responsable du collège, séparé du centre-ville par plusieurs kilomètres de cases indigènes. Jean-Jacques, le chauffeur, avait ramené chez eux les professeurs. Commençait alors la tournée des études, jusqu'au dîner. Après dîner, une dernière étude encore, puis je sonnais la cloche du coucher. Les élèves montaient au dortoir. Je ne rejoignais ma case qu'à vingt-deux heures, souvent chargée de la correspondance du jour, qui m'occupait jusqu'à vingt-trois heures, au plus tôt.

Aucune journée ne ressemble à une autre. Les imprévus se succèdent, rien ne me surprend plus. J'attends les catastrophes. J'ai mal aux muscles, juste au-dessus des épaules. C'est dur comme du caillou. Je porte la voûte céleste.

Notre voiture nous lâche un jour sur deux. Jean-Jacques diagnostique des « pannes », auxquelles il tente de remédier par des solutions radicales. Il découpe des boîtes de conserve, soude, plonge les mains dans le cambouis, arrache, visse, noue, tente de maintenir la carcasse d'un seul bloc. L'argent nous manque. En désespoir de cause, nous finissons par faire appel au garage de la Skoa. Faute de véhicule, les professeurs arrivent souvent en retard et se font conduire au collège par d'autres moyens. On nous prête parfois le camion de l'école professionnelle. Mais lui aussi s'effondre. On loue alors un taxi, dont on ne peut pas éviter les pannes sporadiques. Les élèves attendent, elles ont l'habitude. Elles peuvent rester assises et silencieuses pendant des heures. J'assure l'intérim. Ce que je fais aussi chaque fois qu'un professeur doit s'absenter, pour cause de maladie ou de fièvre des enfants, très touchés par le paludisme et le scorbut. Les travaux s'enchaînent. Ils n'ont pas de fin.

Chaque jour, un nouveau problème. Le plus fréquent concerne le réseau électrique. Un matin, je trouve dans mes arbres un groupe de détenus de la prison voisine. Ils scient les branches. Un massacre. D'après le surveillant pénitentiaire, qui prétend être envoyé par les PTT, les branches touchaient les fils. En élaguant le frangipanier, les détenus cassent le fil qui alimente le collège. Je leur demande de m'envoyer un réparateur de la compagnie d'électricité. De toute la journée, pas une âme. Le fil tombé à terre traîne dans la poussière et fait des étincelles. C'est la période des tornades. La nuit tombe. Victor Hugo, qui veut toujours apprendre l'anglais, passe par hasard devant le collège. Il accepte d'avertir un ingénieur de sa connaissance. Dans l'obscurité, l'ingénieur examine avec moi tous les fils d'arrivée. Cela nous prend deux heures. Il me rassure, je peux passer la nuit tranquille. Le lendemain, je consacre ma journée à dénicher un électricien, qui n'arrive que le soir. Le technicien manque de fil. Je lui en trouve un petit morceau rescapé d'un achat personnel. Je tiens l'échelle pendant une heure, je lui fais la conversation pour qu'il ne se sauve pas. La lumière revient enfin. Depuis, quelques coupures de courant le soir. Les élèves dînent à la lueur de ma lampe torche. Faute de lumière, elles ne peuvent étudier. Elles montent plus tôt au dortoir où je lis à voix haute, une bougie à la main, l'*Iliade* et l'*Odyssée*.

Le collège est devenu une étape incontournable des personnalités politiques en visite à Douala. On ne me donne aucun moyen, mais on sait nous exhiber aux moments propices. Le 9 janvier, visite du haut-commissaire : suppression des cours de 10 à 12 h pour aller se ranger avenue du Général-de-Gaulle. Le 18 janvier, visite du sous-secrétaire d'État à l'Enseignement. Le 19, celle du docteur Aujoulat, sous-secrétaire d'État à la France d'outre-mer : supression des cours de 16 à 17 h... À ces perturbations officielles s'ajoutent des dérangements moins communs, comme l'invasion régulière de la pelouse par une bande de grosses truies. Maîtriser le taureau fou de Minos, sixième épreuve d'Hercule. Juste avant, si je me souviens bien, les oiseaux du lac Stymphale ont voulu dévorer sa chair.

Le week-end, ma charge ne s'allège pas. Réveil, surveillance des études et de la cour, comme en semaine. Mais je suis seule. Au début de l'année, chaque famille a fourni au collège une liste de parents relais à Douala. Les visites se font le samedi après-midi. J'y assiste toujours, par obligation et par goût. Le dimanche, jour de culte, les élèves se rendent aux offices. Je les accompagne. Au retour, en l'absence du cuisinier, je distribue des boîtes de sardines à la tomate et du manioc fermenté en feuilles de bananier. Une fois par mois, les élèves passent la journée chez leurs correspondants. Je reste rivée au collège car plusieurs n'ont pas de famille ici. Certaines ont été privées de sortie. Leur sanction est la mienne. Je suis à bout de forces. Le douzième des travaux d'Hercule est la descente aux Enfers.

L'arrivée de « Ma Bertha », comme l'appellent les élèves, n'a pas fait de miracle mais m'a sauvée du surmenage. J'avais demandé aux correspondants des élèves de me recommander une dame pour la surveillance de l'internat. Je savais qu'une Européenne n'accepterait pas cette tâche ingrate et mal rémunérée. Par chance, j'ai réussi à joindre le directeur de l'Enseignement, à Yaoundé. J'ai annoncé que j'allais devoir prendre un congé pour raisons de santé. Il m'a promis des fonds pour une surveillante indigène. Je ne lui ai pas rappelé les trois mois de retard de mon traitement, et j'ai recruté Mme Berthe.

Mme Berthe est une Camerounaise d'exception. Elle ne parle pas français, mais connaît la discipline. Sa rigueur en fait une perle rare en pays d'indolence, de palabres, de lenteur. Mme Berthe a plus de cinquante ans. Elle a été élevée du temps des Allemands. Son père fut gardien de prison. Son énorme stature commande le respect. Je lui parle par signes ou traducteur interposé. Elle répond en allemand et m'assure de sa compréhension par une série de « ya ya ya ya ya » accompagnés de hochements de tête. J'ai acheté pour Mme Berthe une clochette au marché bamiléké. Elle n'a pas résisté longtemps à sa poigne énergique. Une énorme cloche pend désormais à l'entrée du bâtiment principal, avec une corde.

Une femme de cinquante ans, en Afrique, est une vieille dame. Souvent, Mme Berthe s'assoupit et oublie de sonner la cloche. Je lui ai donc offert un réveille-matin, qu'elle pose sur son ventre pendant ses petits sommes. Il retentit cinq minutes avant les repas, la reprise des cours ou le coucher.

Je me repose sur Mme Berthe un dimanche sur deux, et même quelques soirées par mois.

C'est ainsi que j'ai revu les Guerrin. Leur aventure au Sénégal n'aura que peu duré. Aussitôt déménagé, Henry a été rappelé pour travailler à Douala sur le projet d'un pont reliant les rives du Wouri. Ce retour m'enchante. Monique est une des rares femmes ici à s'intéresser aux indigènes. Son travail d'infirmière formatrice à l'hôpital Laquintinie nous rend complices l'une de l'autre. On nous raille de croire qu'un Nègre vaut un Blanc. Quelques-uns nous parlent avec indulgence, comme à ces grands malades qui habitent un monde parallèle et qu'on hésite à détourner de leurs chimères, de peur de les égarer davantage.

Les Duchâble m'ont plusieurs fois reçue en famille. Fanny prend soin de ma santé.

J'ai moi-même tenté d'organiser un petit repas dans ma case. J'ai demandé à mon boy Prosper de préparer deux poulets froids. Le soir venu, je mets la table, passe une robe et vérifie que les poulets sont bien au réfrigérateur. Je trouve un large plat couvert d'un chiffon. Le chiffon bouge. J'en soulève un coin. La poule entièrement plumée se met à caqueter horriblement. Je hurle. Prosper, sur le point de partir, se précipite dans la pièce. « Moisè Mat' ! Qué p'oblème, moisè Mat' ? » Je lui montre le réfrigérateur. « Les poulets sont vivants ! — Les poulè *plumés* et *f'oids* dit moisè Mat'. Pas mo'tes, f'oids ! » Nous avons mangé des légumes.

Brèves échappées. Le reste du temps, je suis esclave et souveraine d'un royaume de poche.

La pluie n'a pas cessé. L'imperceptible ruissellement me berce. Tout à l'heure, une légère brume s'élèvera, transparente et joueuse, à moins d'un mètre du sol. Journée perdue pour la promenade.

J'ai beaucoup marché depuis mon arrivée à Dschang. Seule. Redécouvert l'espace autour de moi, creusé l'espace intérieur. Ne pas être vue, entendue, attendue. Apprécier l'inutilité d'un pas, le plaisir qui s'y attache. Laisser dériver, s'abolir ma pensée. Écouter le silence, les distances faire écho en moi. Être l'instant suspendu.

11 avril

Partie de cartes endiablée avec les Duchâble et le couple de voisins.

La jeune femme, Hedwige, a vingt ans. Je lui ai dit qu'elle pourrait être mon élève en sixième, à condition de ne pas laisser d'enfant au village. Elle n'en revenait pas et nous a questionnés tout l'après-midi. Elle n'était pourtant ni professeur, ni catholique, ni socialiste. À Douala, seuls les enseignants, les missionnaires, les communistes se montrent curieux. Devant la mine stupéfaite d'Hedwige, j'ai ajouté qu'en brousse les hommes en âge d'être pères fréquentent encore l'école primaire.

Partout, les enfants de fonctionnaires sont les plus chanceux car ils possèdent un certificat de naissance. À neuf ans, ils peuvent donc entrer à l'école. Les autres déclarent un âge apparent et s'exercent à toucher leur oreille droite en passant le bras gauche par-dessus la tête.

— Vous ne les avez jamais vus près de se déboîter l'épaule ? C'est le critère d'inscription en classe.

Sur mes quatre-vingt-dix élèves, je compte cinq Françaises et deux Belges, externes évidemment. Les petites Européennes sont bien sûr les cadettes, mais quelques indigènes sont précoces. Je pense à la petite Julienne Mbarga, douze ans. Il a fallu tailler pour elle un uniforme neuf. Sa sœur, de cinq ans son aînée, est aussi en sixième. Elle a tenu Julienne sur ses genoux depuis la classe d'initiation. Le jour du concours d'entrée au collège, l'instituteur a donné à Julienne de quoi dessiner pendant l'examen. Elle a remis sa copie avec celle de sa sœur. Elle a été classée première.

Les métisses entrent à l'école avant les autres. Leurs géniteurs les abandonnent sans état d'âme, comme ils ont engrossé leurs mères, après les premières règles. Infirmiers de brousse, administrateurs, commerçants, médecins militaires, ils se convertissent aux coutumes locales et même, si nécessaire, à l'islam, puis ils épousent des vierges. Ils ont des femmes et des bâtards en Centrafrique, en Ouganda, chez les Peuls. Un pigment clair, un nez petit, des lèvres fines marquent leurs enfants comme des bêtes. Le plus souvent ils portent le nom du père. L'État français a tellement honte qu'il envoie ses agents sillonner la brousse à la recherche des métis. Dès l'âge de trois ans, réel ou apparent, on les conduit dans des internats spéciaux. On les élève entre eux. Ils reçoivent la meilleure éducation française. À partir du collège, ils essaient de se mêler au reste de la population. Les Fréjean, Dubailly, Potreux, Guerrant. À New-Bell, nous avons Suzanne Dupotier.

Le collège est un Cameroun en petit. On y trouve toutes les ethnies, et bien entendu une majorité de populations côtières. « Sawa », disent mes élèves, désignant indistinctement les Duala, les Bassa, l'ensemble des tribus du littoral. Seul le Nord musulman retient ses filles. Au collège se côtoient des enfants de planteurs, d'instituteurs, de commerçants, d'infirmiers, de fonctionnaires… Mes élèves sont privilégiées. Elles font partie des quelques milliers de filles envoyées à l'école primaire. Des trois cents qui suivent un enseignement secondaire. Le collège les distingue et, je l'espère, leur inculque le sens du devoir. Ce qu'elles reçoivent elles doivent le rendre un jour à leur pays.

Je tiens aussi à leur transmettre du savoir-vivre. Le dimanche, j'éprouve une fierté certaine à accompagner les catholiques jusqu'à la cathédrale. Les élèves se rangent devant le portail. La longue file de robes blanches franchit l'enceinte du collège. Je ferme la marche. Je sais qu'on les observe, droites, le ventre et les fesses rentrés. Mes élèves portent des chaussures. Elles n'écrasent pas la lanière des sandales, elles ne traînent pas les pieds. Bien sûr, ce sont des enfants ; je ne peux les empêcher de ramasser, sur le chemin, ces noix rouges appelées « mbanga di bongo », dont elles raffolent. Je les laisse humer l'odeur des croissants devant la boulangerie. Leurs amis les retiennent un instant sur le passage, leur offrent une pomme, glissent un papier entre leurs doigts. Mais les garçons n'osent pas s'approcher. Ils se contentent de sourire et, pour les plus téméraires, de déclamer un vers jeté à tout le rang : « Tes beaux yeux, marquise, me font mourir d'amour ! » Certaines sont tentées de s'échapper un instant pour embrasser une tante ou se faire photographier chez George Goethe, devant le trompe-l'œil de jardin antique. Elles n'en font rien. Elles rient sans tapage, elles ne sifflent pas. Elles croisent les jambes à l'église, ne laissent pas apparaître un millimètre de jupon. J'aime passer avec elles devant les paroissiens. Devant Jacques Fronteny en particulier, le goujat de mon premier small chop, qui prophétisait ma déception. Je le salue profondément. Mes élèves se rangent sur le parvis, au côté des collégiennes du Saint-Esprit. Je dis : « Ensemble… » Elles répondent : « Tout semble plus beau. » Au pays que je n'ai pas choisi, mon cœur se met à battre.

Notre chorale anime les offices, avec les basses du lycée technique. Les voix des filles sont magnifiques. Elles retentissent dans le collège à tout moment de la journée. À la lingerie, à l'heure de la lessive ; aux douches, après l'étude ; pendant le grand ménage du jeudi, tandis qu'elles frottent les vitres avec des journaux froissés. *Au bord de la rivière, m'allant promener, l'eau était si claire et le vent si léger — Je me suis couchée dans l'herbe pour écouter le vent, écouter chanter l'herbe des champs.* Elles fredonnent dans les dortoirs dès le réveil. Elles rient au refrain de la *Valse printanière* : *Montez sur l'escarpo-*

lette, blonds cheveux flottez au vent... Les filles se tressent sous le préau. Elles chantent au son d'un peigne couvert de papier, frappent bouteilles et verres avec une cuiller. Elles entonnent à six voix les chansonnettes de mon enfance, *Colchiques dans les prés, Adieu madras, L'Alphabet de Mozart...* Mes filles sont des oiseaux.

Après dîner, les nuits de belle lune, elles s'assoient sous le manguier. Je les entends depuis ma case. *Ô nuit, qu'il est profond, ton silence ! Quand les étoiles d'or scintillent dans les cieux — J'aime ton manteau radieux, ton calme est infini, ta splendeur est immense.* Avant d'aller dormir, Mme Berthe les fait ranger au pied de l'escalier. J'entonne avec elles une berceuse. Nous endormons le fantôme qui hante le couloir : *Bonne nuit, cher trésor, œil d'azur, tête d'or...*

Nous sortons de table. Les pâtisseries de Fanny... D'habitude, manger m'est indifférent. À Dschang, je savoure les plats qu'on me sert. On me soigne, et j'y prends goût. J'ai même confectionné des tartes. Fanny n'a pas relevé mes maladresses. Je ne suis bonne qu'à suivre des instructions.

Fanny fabrique son pain. Son père était boulanger. Il avait sa boulangerie, à Aix-en-Provence, « Chez Ferrigues ».

— Oh, les pains de papa ! Pains d'Aix, charlestons, michettes et mains de Nice... Fougasses à l'huile d'olive, aux lardons, fougassettes au sucre et à la fleur d'oranger ! Et les fibassiers de Cavaillon ! Il fallait réserver, le dimanche. À midi, il ne restait rien. Moi, la boulangerie ne m'attirait pas. On habitait au-dessus, ça faisait un de ces vacarmes ! Et puis vivre la nuit…

Nous coupons des bananes en rondelles.

— Je voulais être pâtissière. J'ai commencé à faire des tartes à la courge, des *cacho-dènt* aux amandes, des *galan*… Mon père ne faisait pas de commentaires. Mais, en bon socialiste, il dégustait mes calissons, les « gâteaux forniqueurs », comme il disait : on les couche sur papier hostie…

Je graisse un moule à gâteau. C'est très désagréable, cette pâte blanche qui fond entre mes doigts.

Fanny croyait son avenir tout tracé. Malheureusement pour elle, elle était forte en maths. Une fille forte en maths dans une famille de boulanger, tout le monde veut en faire quelque chose. Elle est devenue professeur à Marseille.

Pour arrondir ses fins de mois, elle donnait des répétitions le jeudi, dans une famille bourgeoise. La famille est partie en Angleterre et lui a proposé de suivre. Elle a accepté. Appris l'anglais. Renoncé aux mathématiques.

Le jeune couple voisin a adopté un singe. Visiblement, cela se fait, ici. Moi, dès la fin janvier, j'ai offert le Tordu, mon petit macaque, à une famille de Douala. Je n'en pouvais plus.

Chaque matin, quand je prenais ma douche, je recevais sur l'épaule un paquet de chair fraîche : le Tordu avait sauté par la fenêtre. À tout instant de la journée, il me tombait sur le dos, petite boule remuante et chaude qui me tirait les cheveux et mangeait tout ce qui lui tombait sous la main : papiers, encrier, chaussures, fruits, biscuits. Il savait ouvrir une boîte, éplucher une banane, la mordre et refermer les pans de peau sur le morceau restant. Ni vu ni connu. Je lui ai interdit la salle à manger. Il s'est pendu au rideau du salon attenant, et par un mouvement de balancier, a survolé la table à dîner. À chaque passage, il frôlait d'une main le panier de fruits, n'y touchant pas, me défiant du regard. On a trouvé rue Ivy un meilleur foyer pour la bestiole.

14 avril

Dernière matinée à Dschang. Je serais bien restée mais le collège me manque. De toute façon, la petite Marie tousse, il faut rentrer.

15 avril

Retour à Douala. Humidité terrible. Ma case transpire le moisi. Les vêtements, les rideaux, tout est imprégné. Le ciel menace. Dans la cour, des branches ont cassé. Sans doute une tornade.

Le voyage du retour était moins gai. Marie pleurait, elle avait de la fièvre. La discussion s'est arrêtée sur François Gaucher. J'apprends que son départ ne chagrine personne. Il ne se contentait pas de gifler les élèves, il giflait aussi des professeurs. Plus exactement, les institutrices, toutes des

Noires. Une école primaire jouxte le collège, séparée seulement par un espace d'herbe et de terre qu'aucune élève n'ose franchir. Mme Dupuy, la directrice, cautionnait les initiatives de son confrère. L'une des institutrices ne s'est pas laissé faire. D'après Fanny, ce sont les suites de cette histoire qui ont valu aux Gaucher leur mutation.

L'anecdote : François Gaucher, en visite à l'école primaire, reproche à la première venue, l'institutrice Sarah Épangué, la saleté des toilettes. Celle-ci rétorque qu'elle n'est pas femme de ménage. Il lui intime l'ordre de nettoyer. Elle lui renvoie son tutoiement : « Tu ne m'ordonnes rien. » Il la gifle. Sarah Épangué est une fille grande et bien bâtie. Elle empoigne au collet François Gaucher et, sous les yeux des élèves médusés, lui fait passer l'invisible limite entre l'école primaire et le collège. Puis, reprenant son chemin, elle se rend au réfectoire comme elle en avait l'intention.

Un courrier de Yaoundé. On a commencé à me payer, mais on n'a pas tenu compte de l'inflation. Ma rémunération est une misère.

17 avril

Il a écrit. Il ne fallait pas écrire. Pas ouvrir. Personne ne peut me tirer en arrière. Je suis loin. Je suis intouchable. Le monde est vaste, j'ai une petite place, je veux qu'on me laisse.

Je ne comprends pas pourquoi il a écrit. Jamais il ne l'avait fait, c'était un accord tacite. Comment il sait, qui lui a dit ? On n'a pas le droit de lui dire. Il n'existe plus, ceux qui n'existent plus ne doivent pas revenir.

Tu ne dois pas m'écrire. Je ne veux pas recevoir tes lettres. C'est ma maison, on n'entre pas sans permission. Sur le timbre, le mont Blanc enneigé. J'ai jeté la lettre, le timbre. Il n'y a plus de mont Blanc dans ma vie, j'ai perdu la mémoire. J'ai le droit d'être courageuse et lâche.

18 avril

Il écrit qu'il m'admire, qu'il serait incapable d'être ici à ma place. Qu'est-ce que cela veut dire qu'il ne pourrait pas ? Il y a des gens qui peuvent, et d'autres qui ne peuvent pas ? Il me souhaite d'être heureuse dans la voie que j'ai choisie. Je n'ai rien choisi. Il a tracé ma route. Je n'ai pas de mérite, cette vie n'est pas la mienne.

20 avril

Je remplace Fanny. La petite Marie est au plus mal. On dit que ce sont des « vers ». Je suis inquiète. Les « vers », c'est la limite des compétences médicales. Un aveu d'ignorance. Celui qui a des « vers » n'a plus qu'à consulter un de ces guérisseurs qui en exhibent devant leur porte dans des bocaux. Une marinade sordide, censée prouver l'efficacité des praticiens.

Ce pourrait être le scorbut. Ce pourrait être n'importe quoi. Ce pays n'est pas fait pour les enfants blancs.

21 avril

Marie est entrée à l'hôpital général. Fanny la veille jour et nuit. Léon est à bout. Jean est confié aux Lainé, ils ont un fils du même âge.

22 avril

Marie est morte à l'aube.

Je suis allée chercher Fanny à l'hôpital.

Elle ne pleure pas. Elle ne parle pas. Elle fixe le corps de son enfant. Il semble vivant avec tout ce soleil dans ses cheveux.

Fanny attend. Son enfant est morte et c'est elle qui meurt.

Il fait chaud et humide. Le corps va pourrir. Je prends le bras de Fanny. Elle me suit sans résistance. L'embaumeur entre après moi.

24 avril

Enterrement de Marie ce matin. Léon m'a demandé de m'occuper de la cérémonie. Tout le collège était là. Toute la ville. Le petit cercueil a traversé la foule dans un silence assourdissant. On l'a descendu dans la terre. *Ave Maria.* Cent bougies allumées autour de la petite croix. Un trou profond comme la douleur. Léon soutenait Fanny près de s'effondrer : sans foi, comment peut-on survivre à ça ?

Pas écrit depuis trois semaines. Je n'ai pas *pu*. Un empêchement d'ordre physique. Une incapacité à mobiliser un temps de silence sans que le chagrin suive. Le malheur de Fanny m'a paralysée. Je connais le visage de la douleur. C'est le visage de Fanny. Le gris de sa peau. Le gris de ses cheveux. Le gris de ses yeux.

Fanny est revenue à l'école une semaine après l'enterrement. En classe, les élèves osaient à peine la regarder. Moins troublées par la fin tragique de la petite fille — elles sont tant habituées à la mort — que par son visage à elle. Fanny a tenu bon. Les filles ont retrouvé leur joie contagieuse.

Ce matin, Fanny m'a annoncé qu'elle est enceinte de trois mois.

Pannes électriques récurrentes, nouvelles invasions de truies. On les pourchasse à travers la pelouse. Les passants s'arrêtent, curieux ou hilares devant cet essaim de filles tentant de faire fuir les bêtes. La canadienne tombe en panne. Vive mon Vélo Solex.

Les grandes vacances commencent dans un mois. Les compositions de fin d'année approchent. BEPC pour les troisièmes, concours d'entrée en sixième pour les écoles primaires. Les sujets de l'académie de Bordeaux arriveront par avion, sous scellés. Les oraux du brevet se tiendront à Yaoundé. La classe de troisième est toute neuve, dix élèves à peine. J'attends d'excellents résultats. Ils conditionnent l'avenir du collège.

18 mai

Séance pénible au parloir. Comme d'habitude, je vérifie que les visiteurs sont bien inscrits sur les listes officielles de correspondants. Je renvoie les autres. Les visites se passent à palabrer autour d'un plat. J'ai vite compris pourquoi les Gaucher avaient choisi de les tenir au réfectoire.

Pendant ce temps, je corrige les copies, je rédige le courrier, les rapports au ministère. Je me mêle parfois aux conversations. Je goûte un plat de « ndole » au poisson, de macabo. On m'initie à l'alimentation locale, je ne pars jamais les mains vides.

Aujourd'hui, l'oncle d'une élève m'a demandé un entretien particulier. La fille est originaire du Sud, une famille de planteurs cacaoyers. L'« oncle », dont j'ignore le réel degré de parenté avec l'enfant, est un homme simple et élégant.

— Madame la directrice, je vous remercie pour

l'attention et la bienveillance protectrice. L'enfant Mangana Élizabeth ne donne pas totalement satisfaction, et la sanction va être attendue. Cette sanction méritée est incontestable.

— Je n'ai rien décidé encore, monsieur.

— Justement, je viens avant qu'il ne soit trop tard. Madame la directrice, il faut sauver l'honneur de la famille ! De votre élève Mangana Élizabeth, qui ne devrait pas solliciter votre attention, car elle ne donne pas satisfaction. Mais vous aurez pitié. Mangana Élizabeth *doit* entrer en classe de troisième.

— Nous saurons dans quelques semaines si ses résultats suffisent.

À la lingerie, le téléphone sonne.

— Ils doivent suffire, madame la directrice, car nous sommes ruinés.

L'« oncle » baisse les yeux, il secoue la tête.

— Quel désespoir, un père qui ne peut tenir sa promesse ! Quelle honte au village ! Après une telle histoire, Élizabeth ne trouvera pas de mari.

L'« oncle » entrelace ses doigts sur la table, fixe ses mains. La sonnerie du téléphone brise à nouveau le silence.

— Je ne comprends pas ce qui vous préoccupe, monsieur…

— Mais la dot, madame ! Déjà reçue ! Nous allons devoir tout rembourser. Les buffles, le parfum, les bijoux ! Au prix qu'il a payé, le mari ne voudra pas d'une fille sans BEPC. Quel déshonneur pour un père, quel malheur… Elle ne le mérite pas, mais nous l'aiderons, nous lui ferons comprendre ! Elle obtiendra son BEPC.

Je me contiens mal.

— Les notes d'Élizabeth décideront seules de son passage. Je suis désolée.

Le téléphone continue de sonner. Je me précipite à la lingerie. À mon retour, l' « oncle » m'attend debout, les yeux tombants, les mains jointes.

— Réfléchissez, madame la directrice, je vous en conjure.

— Peut-être est-ce au père d'Élizabeth que je devrais parler ?

— Je suis *aussi* son père ! Nous sommes tous son père, mademoiselle Marthe.

Je perds patience. Je ne peux pas tout tolérer, tout supporter.

20 mai

Ce matin, je reçois une lettre d'un père d'élève. Il me prévient que sa fille Madeleine, en classe de cinquième, ne revient pas au collège en octobre prochain parce que l'école néglige ses futurs devoirs de mère et d'épouse. « Ma fille, écrit-il, doit recevoir l'éducation traditionnelle. » Il veut la marier.

Je suis allée trouver Madeleine, l'une de nos meilleures élèves. Je lui ai demandé si elle voulait se marier. Elle a ri en secouant la tête. Je lui ai demandé si elle aidait les femmes au village. Je lui ai dit qu'une jeune fille doit savoir tenir une maison, qu'elle se marie ou non. L'éducation sans savoir-vivre n'a pas de valeur. L'orgueil de ces jeunes filles joue contre elles, et contre moi.

J'espère que les bonnes résolutions de Madeleine convaincront le père.

21 mai

Cet après-midi, drame de boulevard.

Tout commence à trois heures. Calme absolu dans le collège, toutes les élèves sont en classe. Je suis à mon bureau, je déchiffre les livres de comptes qu'une inondation a endommagés. Je viens de repasser chaque page, je meurs de chaud. Des coups étouffés, répétés me parviennent. Je sors dans la cour. Quelqu'un crie, appelle à l'aide. La cour est vide et l'institutrice Sarah Épangué, qui la traverse à pas tranquilles, semble ne rien entendre. Je m'approche de la maisonnette qui sert de bureau à la directrice de l'école primaire. Le bruit vient de là. Je cours, j'ouvre la porte. La grande armoire tremble, au fond de la pièce. C'est la voix de Mme Dupuy, la directrice. Je me précipite, je tire, je pousse ; rien à faire. L'armoire est verrouillée.

— Madame Dupuy ?
— Sortez-moi de là !
— L'armoire est fermée à clé !
— La clé est sur la porte !
— Je ne vois pas de clé…
Un silence.

— Et sur le bureau ?

— Non… Que faites-vous dans l'armoire ?

Hurlement.

— C'est une diablesse !

Coup de poing dans la porte.

— Qui donc ?

— Sarah Épangué, pardi ! Elle a dû lancer la clé par-dessus la barrière !

Je me précipite dehors. L'institutrice a disparu. Je l'aperçois qui marche, de l'autre côté des barrières, vers l'avenue de la Résistance. Je crie :

— Mademoiselle Épangué ! Sarah Épangué !

Elle se retourne, me cherche des yeux, s'approche sans hâte.

— Oui, mademoiselle Marthe ?

— Où allez-vous ?

— Je rentre chez moi.

— Mais enfin, qu'est-ce que Mme Dupuy fait dans l'armoire !?

Sarah Épangué s'étonne.

— Elle ne vous l'a pas dit ?

— Ne perdons pas de temps.

— C'est curieux. Mme Dupuy dit toujours : « Ne perdons pas de temps. » Une fois de plus, elle n'a pas permis que j'en « perde ». Elle n'a pas voulu discuter. Depuis un an et demi, je remplace mes collègues absentes l'après-midi, sans jamais être payée. Je fais la classe douze heures par jour sans pause déjeuner. La stagiaire française qui m'assiste est mieux rémunérée que moi. J'ai averti Mme Dupuy que je cessais mes remplacements. Elle n'a pas entendu. Elle m'a dit qu'elle me ferait travailler de force et a promis des sanctions. Elle criait, c'était formidable, on ne pouvait pas l'arrêter. J'ai eu mal à la tête. Je l'ai poussée dans l'armoire.

Je n'arrive pas à me fâcher. Je ne peux pas retenir un sourire. Sarah Épangué, impassible, m'interroge :

— Vous trouvez cela drôle ?

Je me ressaisis. D'abord François Gaucher, ensuite Mme Dupuy... Cette petite est tenace.

— Donnez-moi la clé, Sarah.

— Je ne l'ai pas. Elle est dans la rigole.

— Je n'irai pas la chercher. Je vous comprends, ce qui est déjà sans doute une faute aux yeux de beaucoup de monde. Rapportez-moi la clé.

L'institutrice me suit, se penche sur la rigole et en retire la clé.

— Merci, Sarah. Je regrette l'injustice qu'on vous fait.

J'ai sorti Mme Dupuy de l'armoire, en sueur, décoiffée, partagée entre le désir de vengeance et un silence qui lui épargnerait la honte. Inutiles tergiversations : les vociférations avaient déjà averti toute l'école.

L'institutrice ne sera pas renvoyée, j'en suis sûre. Il paraît qu'elle tient un rôle clé dans la branche féminine de l'Union des populations du Cameroun, une organisation très hostile à la France, soutenue par la CGT et le Parti communiste. Beaucoup de mes compatriotes en ont une peur bleue.

Son père serait un réformiste respecté qui reçoit à sa table les personnalités de l'administration française aussi bien que l'étoile montante locale, Paul Soppo-Priso. Selon Pierre Merlet, Sarah Épangué descendrait en droite ligne de Rudolph Manga Bell, le roi duala exécuté par les Allemands, qui préféra mourir plutôt que de vivre en abdiquant sa liberté. Pas de renvoi, donc, pas de vagues. Je crains néanmoins une sanction de forme. Une mutation disciplinaire, par exemple, qui l'obligerait à démissionner puisque ses cinq enfants et son mari vivent à Douala.

Monique Guerrin est passée vacciner des élèves. Je lui ai raconté l'événement. Elle pense qu'un jour on nous enfermera aussi dans les armoires.

22 mai

Pluies torrentielles. De la boue partout, poto-poto couleur safran. La cour est en terre, l'herbe du jardin dégorge une eau sale. On a suspendu les séances de sport. Le sol est glissant, les filles courent pieds nus et s'éclaboussent jusqu'aux cheveux. On est réduit à la gymnastique suédoise. Lever, baisser, écarter les bras et les jambes, plier les genoux, une discipline ennuyeuse qui se pratique à l'intérieur.

Je tiens ouverts les placards, tous infiltrés de moisissures. Le linge ne sèche pas. Il fait chaud. On dort mal.

25 mai

Les élèves du cours moyen ont passé le concours d'entrée en sixième. La classe presque entière devrait nous rejoindre en octobre prochain.

Les nouvelles que je reçois de maman m'inquiètent. Je suis rassurée qu'elle ait abandonné le tennis, mais elle continue ses marches en haute montagne. Je voudrais qu'elle soit prudente. Je sais qu'elle ne m'écoutera pas. Cela m'effraie, et me rend fière.

27 mai

Encore une de perdue. C'est décourageant.

— Madame la directrice, je ne reviendrai pas, j'ai attrapé une grossesse.

Je lui demande comment cela se fait, elle de me répondre avec un petit rire gêné :

— J'ai vingt et un ans, madame la directrice.

Il ne lui restait que deux années avant le BEPC.

— Ne pouvais-tu au moins te marier avant ?

Henriette hausse les épaules. Je lui dis que ce n'est pas une réponse, qu'il faut un père à son enfant. Elle me dit qu'il a un père.

— Qu'il t'épouse, ma fille, c'est bien le minimum.

— Il le veut depuis trois ans.

— Qu'est-ce qui l'en empêche ?

Henriette baisse les yeux.

— Il est pauvre, madame.

Il ne peut pas payer sa dot.

— Ne vous inquiétez pas pour moi, je ne suis pas venue pour vous causer du souci. Je voulais juste vous demander la permission…

Henriette m'explique que la sage-femme prévoit un garçon. Elle se souvient d'une photographie de mon frère aviateur.

— Mon garçon, je voudrais l'appeler Général Marthe.

— Mais ce n'est pas un prénom, Henriette !

Sa moue de petite fille me fend le cœur. Je me reprends.

— Si tu veux. Général Marthe, c'est original.

— Merci, madame.

Elle a quitté mon bureau, et ma vie.

30 mai

Deux jours clouée au lit, terrassée par la fièvre. À l'intérieur, glacée par un froid arctique. On ne peut pas prendre de la quinine indéfiniment, ni vivre sous moustiquaire. J'ai attrapé le paludisme.

Je me remets debout depuis ce matin. Mes jambes tremblent encore, j'ai les muscles en chiffon. Sur mon bureau les papiers s'entassent. Du courrier en retard. Je me suis assise avec un thermos de thé, j'ai demandé sans y croire à ne pas être dérangée. J'épluche les lettres, les factures, Dominique Lainé m'aide autant qu'elle peut et Mme Berthe a la gentillesse d'effectuer des heures supplémentaires.

La canadienne est en panne. Il manque trois professeurs. Le chauffeur Jean-Jacques est allé à pied au garage de la Skoa. Pourvu qu'il trouve les pièces indispensables.

J'entends au-dehors les chants de mes filles. Elles préparent un spectacle de danses africaines pour la fête. Ce sera une surprise. Nous jouons le jeu. Les professeurs leur laissent un quart d'heure chaque jour pour répéter.

La fête est prévue le 21 juin, solstice d'été. Le 22, Marie Duchâble aurait eu un an.

2 juin

Beau dimanche.

Partie de tennis en double, avec Pierre Merlet et les Guerrin. J'ai très mal joué. Une balle dans un palmier, des services ramollis. Je ne fais pas assez de sport.

Brunch chez les Briddle, amis anglais de Pierre. Je n'avais pas mangé de scones depuis mon retour d'Angleterre ! Muffins aux pommes et aux raisins, pudding maison, œufs frits au bacon et thé darjeeling importé des comptoirs… mélange de joie et de tristesse douce ; la nostalgie ? Je me rappelle pourtant que, pendant des années, à Londres, je n'ai eu droit à une pâtisserie qu'un dimanche par mois, à partager avec mes collègues. J'oubliais le goût du beurre, le goût du sucre. Que nous sommes loin de la guerre… Les fruits croulent, les légumes.

— Tiens, ma mauvaise conscience !

Je me retourne. Jacques Fronteny. Il pique dans son assiette de gros morceaux de fruits.

— Comment allez-vous, Charlotte Marthe ? Votre école ? Combien de filles enceintes, mariées avant l'été ? Combien d'élèves égarées dans la brousse, de pères, d'oncles, de fiancés en colère, déçus ?

— Les résultats du BEPC seront excellents, je vous remercie.

Jacques Fronteny mord une tranche d'ananas. Le suc coule sur son menton, qu'il essuie d'un revers de main.

— Moi non plus, je n'ai pas à me plaindre. Il suffit d'être raisonnable et de ne rien attendre. Délicieuses, ces petite prunes.

Les jouisseurs m'exaspèrent. C'est trop simple.

Je veux m'éloigner mais Jacques Fronteny me retient par le bras. Ses doigts serrent mon poignet à me faire mal. Monique Guerrin nous aperçoit de loin, elle m'interroge du regard. Je me force à sourire.

— Charlotte Marthe, écoutez-moi bien. Tous mes Noëls à la soupe populaire parce qu'il fallait être solidaire, les dimanches à trier des sacs de vêtements, été comme hiver, les doigts gelés parce qu'il n'y avait pas de chauffage ; les patates, sept fois par semaine parce qu'on donnait l'argent aux pauvres, et le soir, les répétitions gratuites données par mon père à des enfants qui ne savaient pas lire, mais qui avaient la chance, eux, de frôler sa barbe, de se serrer contre sa veste. Et les gilets pour les orphelins, on tirait sur les mailles lâches de nos pulls pour faire des pelotes, et ma mère tricotait des lainages qui tenaient chaud aux sans-famille. J'ai donné, Charlotte Marthe. C'est mon heure. Chacun son tour.

Jacques Fronteny lâche mon poignet, traverse le jardin. Il reste sur ma peau les marques de son pouce, de son index. Une vague honte.

J'ai aperçu le docteur Aujoulat, rencontré une fois à l'école lors d'une visite officielle. J'ai bavardé avec trois Camerounais diplômés de la Sorbonne et des Ponts et Chaussées, dont l'un a passé son baccalauréat à Chambéry. Je suis assez peu la vie politique, mais j'ai compris qu'ils militaient l'un à la Jeucafra, une organisation profrançaise, les deux autres au Bloc démocratique camerounais, de type réformiste.

Le militant de la Jeucafra m'a choqué. Une jeune fille indigène passait des biscuits pour accompagner le café. Il s'est servi sans la regarder et, ôtant une miette de sa chemise, a murmuré :

— Apporte-moi du café.

La jeune fille s'est empressée vers le buffet. Elle est revenue avec une tasse. Il lui a demandé de s'excuser. Elle ouvrait des yeux étonnés. Il répéta son ordre.

— Je t'ai demandé du café, tu es partie sans me répondre. « Oui, monsieur », disent les jeunes filles bien élevées. Excuse-toi.

— Je m'excuse.

— Tu peux partir.

Il me regarda d'un air entendu. La jeune fille articula des mots inaudibles dans son dos. Il déclara :

— Ces nègres, vous savez, il faut les visser !

Il rit. Ses dents très blanches, sa peau de fonctionnaire épargnée par le soleil.

Les Guerrin m'ont raccompagnée. Il pose, dès cet été, les fondations du pont du Wouri, qui prolongera la ville de l'autre côté du fleuve. Il m'a promis une dernière promenade en pirogue avant que les travaux ne commencent.

8 juin

Conseils de classe achevés. Nous sommes tous épuisés. Je dois me faire aider davantage l'année prochaine. Je n'ai eu droit qu'à onze dimanches.

9 juin

Déjeuner des professeurs. Sujet principal : les vacances. Fanny rentre en France où elle accouchera à l'automne. Son ventre s'arrondit. Elle a bon appétit. On en oublie ses cheveux gris. Il faudra la remplacer pour la rentrée d'octobre. Quelques professeurs restent au Cameroun, ils montent à Dschang pour la plupart et gardent un billet retour pour Noël prochain. En revanche, tous les enfants rejoignent la métropole. Pierre Merlet hésite. Il parle d'un séjour autour de Yaoundé. Diamart raille l'exotisme de la destination.

— Mon cher, je vais retrouver un ami qui m'emmène chasser sur les hauts plateaux de l'Adamaoua, à travers le pare-brise percé de sa jeep.

— Ah, monsieur chasse, pardon, pardon… on reste entre bêtes…

— En effet, nous sommes des barbares : une horde de mille cinq cents Roumains m'attend à Yaoundé pour débrider ses instincts.

Mille cinq cents Roumains ? Je suis sur le point de demander à Pierre le nom de son ami, puis je me souviens. Les réfugiés de Timisoara, le jeune homme agaçant et beau dans le train. Jean Trouvère.

Pierre se renverse sur sa chaise.

— Vous le connaissez ?

Je relate notre rencontre. Pierre m'invite à l'accompagner chez les Trouvère.

— Sa femme est vraiment sympathique. Je sais que vous n'aimez pas les femmes… Charlotte, nous sommes entre nous ! Je crois que les femmes d'action font exception à vos yeux. Celle-ci élève ses enfants, mais il faut un courage hors du commun pour suivre un tel mari !

J'ai donc écrit à Jean Trouvère. C'est étrange, au collège on attend tout de moi. Hors des murs on me prend en charge. Dschang à Pâques, maintenant Yaoundé. Ce n'est pas désagréable.

11 juin

Mme Berthe est absente. N'a pas prévenu. J'ai surveillé les élèves toute la journée, et l'internat.

12 juin

Mme Berthe est arrivée à huit heures. Elle me montre son dos : « Kein gut, kein gut ! » en secouant la tête. Élie traduit : « Ma Bertha très mal du dos, fatiguée avec le dos. » Mme Berthe grimace, hoche la tête : « Ya ya ya ya ya. » Deuxième journée sans surveillante.

15 juin

En vrac :

Préparatifs de la fête de l'école terminés. Le docteur Aujoulat, M. Soppo-Priso, quelques administrateurs et chefs d'entreprises y assisteront avec les correspondants de mes élèves à Douala. Peu de parents malheureusement.

Sarah Épangué est sanctionnée d'une mutation disciplinaire, et donc démissionnaire. Un gâchis, vraiment.

Reçu lettre de Jean Trouvère. M'invite à passer un mois chez lui avec Pierre : « *Chacun est le bienvenu tant qu'il reste une place où dormir.* » Il me prévient qu'il n'a pas l'eau ni l'électricité. Je me réjouis de ce séjour loin de mes habitudes.

22 juin

Fête de l'école très réussie. Hélas, une crise d'épilepsie au milieu des danses africaines. Les gâteaux des classes d'enseignement ménager, adaptés aux produits locaux, ont été appréciés par les femmes d'administrateurs.

Ce soir, je suis seule au collège. Soulagée et tremblante. J'attends les notes du BEPC.

23 juin

Un bouquet de lixora blancs pour Marie.

29 juin

Neuf sur dix ! Marirose a oublié l'oral... tellement étourdie, cette petite. Neuf bourses d'études en France pour le collège de New-Bell. Plus que les filles du Saint-Esprit.

Ainsi s'achève l'année scolaire. Je ne peux pas dire « mon année ». J'ai tout juste apprivoisé les us et coutumes de mon petit peuple de professeurs et d'élèves. Identifié les contraintes intérieures, les pressions extérieures et nos défenses. J'ai observé, assumé sans volonté encore, les forces happées par l'urgence et le désir de bien faire. L'apprentissage est terminé.

Je rêve d'exister. Ni par vous, mes prédécesseurs, ni par toi, mon désolant amour, qui as plié ma vie à la tienne. Je rêve à mon œuvre ; elle ne ressemble à aucune autre.

J'attends octobre, vivante.

Été 1950

J'ai pris le train pour Yaoundé le jour de mes trente-six ans. En première, cette fois-ci. Pour le déjeuner, Pierre Merlet a ouvert un petit paquet bleu : deux tartes aux fruits de la boulangerie d'Akwa, poisseuses de sirop, amollies par le voyage. Nous les avons mangées en nous léchant les doigts.

Les gares se succèdent. Tumulte des voix de marchands et d'enfants qui bondissent hors des rails, s'éparpillent de part et d'autre de la locomotive, enveloppés de fumée noire.

Pierre m'a parlé de Jean Trouvère. Il est alsacien, comme lui, originaire d'un petit village près de la frontière. Leurs pères étaient voisins. Ils se sont perdus de vue pendant des années. Les études, la guerre, la vie de famille. En 1948, Jean est revenu s'installer en Alsace, où Pierre enseignait. Depuis, ils ne se quittent plus.

Lorsqu'il a choisi le Cameroun et les hauts plateaux de l'Adamaoua, il écrivait à Pierre : « *Adamaoua,* "Adam et Ève". C'est une terre promise. » Il avait lu Robert de La Vignette, *Les Paysans noirs.* Il croyait dur comme fer trouver ici un pur esprit communautaire, *non corrompu par l'individualisme petit-blanc*. Il s'est installé en février dernier. J'imagine les milliers de réfugiés piochant la terre, la retournant. Les énormes tablées d'ouvriers le midi et le soir, crasseux, et les enfants piaillant, libres. Pierre met fin à ma rêverie.

— Pas un seul n'est venu, Charlotte !

Le projet avait été approuvé à l'unanimité par l'Assemblée représentative du Cameroun, Noirs et Blancs réunis, mais il n'a pas vu le jour. Manque de financements, tactiques politiciennes. La communauté, à ce jour, c'est quelques cases en forêt, à plusieurs kilomètres de Yaoundé. Vingt-sept Blancs, sans compter les enfants. Presque tous diplômés d'HEC. Ils ont monté une coopérative. Ils espèrent intégrer des indigènes. Plus tard, quand tout sera en place. Pierre dit qu'au mot « réalisme » Jean Trouvère s'esclaffe. Il vous regarde droit dans les yeux : « Entre le réel et l'utopie, quelle distance ? L'épaisseur des hommes de foi. »

Le train file, chaotique sous le ciel immense. Un crissement douloureux. Dernière gare avant Yaoundé. Les enfants courent le long de la voie, soulèvent un nuage de poussière.

À Yaoundé, un chauffeur nous attend. La lumière décline, il nous presse. « Pas de phares la voiture, juste la lampe-tempête. » Nous le suivons, grimpons dans un tacot. Nous filons à travers la ville. Kilomètres de terre rouge sous le ciel rouge. Puis la forêt. L'air est frais. Les arbres bruissent d'existences cachées. Le chauffeur allume sa loupiote. Elle se balance au rétroviseur, tache phosphorescente dans le gris du soir, et projette une silhouette floue sur la masse des troncs. La lune monte derrière les cimes, sculpte les visages. Le moteur tressaute. Sur la droite, un chemin plus étroit. Des lueurs tremblotantes à travers les arbres, des voix. Le crépitement des flammes, des rires d'enfants qui dansent, s'affrontent à l'épée de bois. Les contours imprécis de petites bâtisses, la pente d'un toit. La découpe de fenêtres où des ombres glissent. Passe un visage de petite fille blonde, la tresse défaite, l'index dans la bouche. Le chauffeur coupe le moteur.

— Juste à l'heure pour l'apéro, bravo !

Jean Trouvère me serre la main, tombe dans les bras de Pierre. Ses yeux noirs et rieurs trouent l'obscurité. Il est fidèle à mon souvenir. Mince, grand, les mâchoires carrées.

— Pierre, tu as le riesling ? Ça nous changera de l'eau permanganatée.

Pierre tire de son sac une longue bouteille.

— Allons-y !

Jean se charge de mes affaires. Je marche dans ses pas, aveuglée par les torches. Il pointe son doigt sur le noir tout autour, il montre des bâtiments, des gens invisibles, et des voix lui répondent. Nous le suivons jusqu'aux cases. Il pousse une porte, qui verse dans la nuit un flot de lumière blanche. Les enfants jouent par terre, une jeune femme, le ventre rond, nous sourit. Elle essuie sa main mouillée au tissu de sa jupe. C'est Thérèse Trouvère. Les enfants, Victor, Odile et Augustin, m'embrassent.

Thérèse apporte des beignets, le chauffeur un petit pain de glace.

— Depuis une heure, patron, l'en a presque plus !

Je regarde autour de moi. Murs de boue séchée, espace sans cloisons où le bruit, la nuit, les parfums de cuisson s'engouffrent. Deux paravents, des lits derrière. La cuisine, comme souvent, est au-dehors. La case n'est qu'un dortoir et un abri pour la pluie.

Nous avons bu le riesling. Ensuite, Jean me présente aux douze familles. Je vais de case en case, de visage en visage, hommes, femmes, enfants dont je ne retiens pas les noms. Thérèse nous suit, portant le petit dernier. Chaque fois, une pièce commune coupée de paravents, éclairée de bougies et de lampes-tempête. De la boue séchée, de la joie.

On se lève à l'aube. Au jour, l'endroit ressemble à un hameau traditionnel africain. Terre et cases brun-rouge entourées de forêt. Un peu plus bas un marigot dont on extrait l'eau pour la filtrer. Pas d'électricité, un tout petit générateur pour les besoins d'urgence.

Derrière les habitations, un potager propret irrigué par le marigot. Une réserve de bois, branches et troncs débités, emboîtés en monticules. Quelques arbres fruitiers, de frêles plants attachés à des tuteurs, protégés par un cercle de pierres.

Plus loin encore, le chantier de la COTRACO, coopérative de transport et construction fondée par les douze familles et embryon de la future organisation. Des cases plus vastes et espacées commencent à

111

s'élever. Dix hommes y passent leurs journées, aidés d'ouvriers indigènes qui viennent à pied de leur village, à moins d'une heure de marche. Deux autres prospectent des chantiers extérieurs, pour financer l'existence de la communauté.

Jean Trouvère travaille sur le projet d'une coopérative alimentaire, la société de Méganga. Élevages ovin, bovin, céréales vivrières et fourragères pour le bétail. Il prévoit la production de viande, de lait frais et en poudre, de beurre, de fromage, le traitement des peaux et de la laine, de la corne pour les boutons, des glandes pour la pharmacie... C'est une mine. La communauté a ouvert deux boucheries à Yaoundé, les seules du pays. Carreaux d'émail blanc, conservation par la glace... Les Blancs s'y précipitent.

Les écoles sont éloignées. Le premier voisin est un planteur indigène, à un kilomètre du terrain. Comme la coopérative ne possède qu'une voiture, les femmes enseignent à leurs enfants au-dessous de dix ans. Ils ont la peau rose, ils ont des joues. Après l'étude ils plantent, arrosent les légumes avec leurs mères. Avec les petits des ouvriers, ils cherchent des termites, fourmis blanches et ailées, qu'ils croquent vivantes. De temps à autre, la voiture descend en cahotant la pente du marigot. Un épi brun ou blond dépasse à peine du volant. Victor et Augustin Trouvère sont de corvée d'eau.

Je participe à la vie des familles. J'ai proposé des cours d'anglais. Cuisine et travaux ménagers ne sont pas mon fort. Je passe beaucoup de temps avec les enfants. Je les observe. Pierre est au chantier. Nous nous promenons seuls parfois, par besoin de silence.

Le dimanche, après la messe à la mission, les Trouvère reçoivent une dizaine de paroissiens. Simon Noah, l'organiste, se met aux fourneaux avec Jean. On mange de succulents chateaubriands. Un dimanche, Simon Noah a présenté à Jean un garçon de douze ans.

— Tiens, je te le donne. C'est mon fils Zacharie. Je ne peux pas lui payer des études.

Jean a saisi l'enfant à la nuque. L'a regardé au fond des yeux.

— C'est un bon garçon. J'appellerai ma sœur, demain, à Saint-Germain-en-Laye. Qu'est-ce qui t'intéresse ?

— Le foot.

— Bon… Ça va, Simon. J'essaie de l'inscrire à Saint-Germain pour octobre. Jusque-là, tu le gardes.

Nous sommes partis trois jours sur les plateaux de l'Adamaoua. Étendues herbeuses à perte de vue, troupeaux de zébus en marche. De Bertoua à N'Gaoundere, sur quatre cent cinquante kilomètres, un chapelet de minuscules villages, bouquets de cases rondes entourées de bananiers dont surgissait parfois, ensommeillé, un vieux tirailleur au salut. Entre ces résidus de vie, des cailloux. On passe les premiers troupeaux de chevaux, au grand galop devant la voiture, la crinière flottante et la mousse aux naseaux. On roule toutes bâches ouvertes, les pelages luisent au soleil. L'Adamaoua approche. Les bœufs à cornes, les bœufs à bosse par centaines. Ils paissent, immobiles. Tout d'un coup ils grattent la terre, soulèvent une poussière dense, irrespirable. Jean hurle :

— Les voilà ! Les taureaux de Montbéliard ! Quelles bêtes !

Le ciel est magnifique. La voiture ralentit, s'approche lentement du troupeau. Jean sourit.

— Il est là, je le vois.

Il met ses mains en porte-voix.

— Son Altesse est attendue ! Louis-Marie de La Rosière, fils et petit-fils des ducs de La Rosière, une délégation spéciale est arrivée pour toi de Yaoundé !

Le troupeau s'écarte. Un cheval noir avance vers nous à pas lents. L'homme est grand, la cinquantaine mince ; il porte des bottes et un chapeau de cow-boy. Il fume un énorme cigare. Le cheval ralentit, se cabre ; il part au galop, droit sur la voiture. Je rentre le cou dans les épaules.

Le bruit de sabots précède la bête. Le cheval et l'homme grossissent, indistincts. L'animal stoppe net à quelques mètres de nous. L'homme ôte son chapeau.

— Louis-Marie de La Rosière, duc des contrées vides et des troupeaux cornus !

Pierre murmure à mon oreille : « Les chateaubriands, c'est lui. »

— Et maintenant, au palais !

La voiture suit le cheval en cavale. Le duc contourne un bloc de roches improbables dans ce désert herbeux. Un petit château se dresse là, appuyé à la pierre, face à la plaine immense. Tout y est : le pont-levis, sa lourde chaîne. Les tourelles aux toits d'ardoises de

114

part et d'autre de la façade. La courette intérieure, carrée, pavée. C'est la réplique, trait pour trait, de la demeure familiale des ducs de La Rosière en Touraine.

On me loge dans une vaste chambre. Deux domestiques nous servent à dîner de part et d'autre d'une longue table, dans de l'argenterie et de la porcelaine de Limoges. Plus rien ne m'étonne. De temps en temps, de la sciure de bois tombe du toit dans nos assiettes. Des termites. Nous sommes chez le vacher blanc de l'Adamoua, qui mène à cheval les bêtes à l'abattoir, jusqu'à Douala, sur plus de cinq cents kilomètres. Moins cher que les camions. Plus sûr aussi : le duc de La Rosière connaît les pistes qui échappent à la mouche tsé-tsé. Tout au plus perd-il une bête ou deux en chemin.

Par la fenêtre de ma chambre, la haute plaine s'étend sous la nuit. C'est apaisant de ne pas penser. N'être qu'un corps qui mange, rit, boit, parle, se déplace. Un corps occupé à l'oubli. Que reste-t-il de mon amour ? Un souffle triste, mais indolore.

Retour à Yaoundé par la même route. Mêmes hameaux éparpillés, rares bouquets de bananiers envahis de poussière, vieillards au garde-à-vous devant leur case. Jean Trouvère attend le duc le mois prochain, à la tête d'un troupeau de taureaux de Montbéliard.

De nouveau la COTRACO, le potager, les cours d'anglais. Mon lit dans la salle commune, derrière le paravent. Victor Trouvère et son frère Augustin, dans la vieille guimbarde, allant chercher de l'eau.

Vient le dernier soir. Les trois petits de Jean jouent devant la case avec les autres enfants. Il est six heures, le soleil descend. Un groupe d'adultes, assis par terre, tiennent des enfants sur les genoux. Ils poussent un pion de dame, piochent un domino, lisent un conte. Les plus jeunes sucent leur pouce, appuient leur tête contre les poitrines. Écoutent. Quelques mètres plus loin, Pierre et moi, un verre de bière à la main. Il dit que sa fiancée voulait six enfants.

— Vous avez été fiancé ?

— À l'été 1942. Quelques mois seulement. Elle avait dix-huit ans. Elle s'appelait Irène Stein.

Ma main sur la main de Pierre. Sa main qui tremble.

Pierre s'abandonne au chagrin.

Moi à l'idée du retour.

Cahier n° 2

Année 1950-51

5 octobre 1950

Je branche le tourne-disque déniché par Pierre, j'ouvre portes et fenêtres. À tue-tête, la voix tremblotante d'une certaine Adèle Frelon, dont les boucles blondes chatoient sur la pochette en carton. *L'hymne à la joie,* ici rebaptisé *Hymne des temps futurs,* déborde dans la cour. *Oh quel magnifique rêve vient illuminer mes yeux ! Quel brillant soleil se lève dans les purs et larges cieux !* Les passants ralentissent devant les barrières ajourées. Un « police » en casque et socquettes blanches descend de son estrade au milieu du carrefour et s'approche à son tour. C'est jour de fête.

Elles arrivent une à une, de neuf heures à midi. Un grand ballet se déploie dans la cour, d'un bâtiment à l'autre, les rires se croisent, les chants. Elles ne se sont pas revues depuis au moins dix semaines. *Temps prédits par nos ancêtres, temps sacrés,*

119

c'est vous enfin ! Car la joie emplit les êtres, tout est beau, *riant, divin !* Les filles de la brousse ont bruni dans les champs, tête nue sous le soleil. Elles me saluent, puis saluent Mme Lainé. Elles laissent dans leur sillage des effluves de fruits. La cour bruit de confidences, éteintes et reprises au gré des entrées et des sorties. Mon royaume de poche s'éveille. Il bruine, et cela n'a pas d'importance.

À l'infirmerie, les filles ôtent leurs vêtements. On les vaccine au bras, on leur fait avaler des comprimés de quinine. On les mesure. Elles passent un uniforme, pincent les plis et les longueurs entre des épingles, poussent en avant le ventre pour tendre le tissu. Demain, elles ajusteront elles-mêmes les contours à la machine à coudre. À la lingerie, elles reçoivent leurs draps de lit, une serviette de bain et un gant de toilette. Au réfectoire, elles choisissent un mouchoir de tête, deux chemises de nuit, une tenue de sport. L'uniforme blanc des dimanches. Elles découperont tout à l'heure culottes et soutiens-gorge dans le tissu kaki du surplus de l'armée.

Ma Bertha somnole sous un manguier, le réveil contre son ventre. Les filles le regardent monter et descendre, au rythme lent de sa respiration. C'est la fin de la saison des pluies, l'herbe a pris une belle couleur de menthe. Mon boy Prosper et Victor Hugo ont défriché le jardin, arraché les nœuds de fougères jaillies du sol pendant l'été, aéré les buis et les massifs de fleurs, taillé mes lianes corail et ratissé la terre devant les bâtiments. Mes filles tournoient dans l'ombre. *On ne voit que fleurs écloses près des murmurantes eaux. Plus suaves sont les roses, plus exquis les chants d'oiseaux ! Pour mener gaiement nos rondes nous cherchons les bois ombr...* Le bras glisse dans le sillon, se hausse, dérape à nouveau, *les bois ombreux... les bois ombreux...* Ma Bertha ouvre un œil, bâille. J'ajuste l'appareil. *Mers, vallons, forêts profondes, comme nous tout semble heureux !*

Les filles montent au dortoir, déposent leurs affaires dans les casiers numérotés. Elles passent aux salles de classes, où elles rangent cahiers, livres, encriers et plumes sous le bureau marqué à leur nom. S'assoient sous les arbres en mâchant des bâtons de manioc distribués par Mézoé. Pépient sans relâche.

Dominique Lainé dresse les listes de correspondants à Douala, note le culte de chaque élève. Je reçois les recommandations des uns et des autres, les plats cuisinés. Mon bureau ne désemplit pas. Les professeurs arrivent à leur tour, prêts aux heures supplémentaires non payées : Fanny, proche de son terme, manque évidemment la rentrée ; Mme Grassette, minée par le scorbut, est rapatriée depuis huit jours ; Isabelle Sorgan est bloquée à Kano. L'avion n'a pas tenu le choc, cinquante passagers attendent depuis dix jours, dans un hangar, qu'on veuille bien les conduire à bon port. C'est un commerçant syrien qui m'a prévenue. Lui a réussi à embarquer pour Dakar, puis a rejoint Douala. Les passagers avaient confié des lettres à un assistant pilote, avec de l'argent pour les timbres ; elles n'ont sans doute jamais été postées. Provisoirement, la botanique sera remplacée par des heures de sport.

Onze heures trente. Présentation des sixièmes. Vingt jeunes filles de douze à seize ans m'attendent devant le réfectoire, les bras chargés de vêtements. Toutes l'air de très petites filles, silencieuses, les yeux au sol. La plus jeune n'est pas encore pubère. Sa mère est morte, son père a constitué lui-même son trousseau. La liste envoyée par le collège spécifiait d'apporter des « serviettes périodiques ». La petite Frida m'a tendu une serviette-éponge : « Il n'y a pas de périodique au village. »

Les élèves s'alignent. Je me présente, elles se présentent à leur tour. Ébaisié Lisa, Tokpanou Ondua, Ékolo Germaine… Elles se tiennent appuyées sur une hanche. Les ongles négligés. Tout à reprendre avec les nouvelles. J'explique les règles de base : on ne traîne pas les pieds, on se tient droite, le menton haut, et on se brosse les ongles. On répond aux questions en regardant les adultes en face. Elles répètent avec application. Une petite métisse reste à l'écart. Je crois bon d'ajouter qu'à mes yeux toutes ces filles sont sœurs.

Je retourne au bureau, je cale le tourne-disque. *L'hymne des temps futurs* nous casse les oreilles une dernière fois.

Après le déjeuner, grand rassemblement dans la cour avec les professeurs. On affiche les emplois du temps. On distribue à chacune cent points de bonne conduite pour l'année. Un concours de discipline est lancé entre les classes.

Les travaux ont recommencé hier soir. Il a tellement plu ces derniers jours qu'on a posé des bâches et attendu un temps plus sec. Les ouvriers préparent le ciment. Les deux cases progressent à même allure. Il a fallu prendre la décision très vite : le ministère ne saisit pas l'ampleur de l'inflation immobilière, et la famille Lainé n'a plus les moyens de se loger. Ils vont vivre chez moi quelque temps. La deuxième case devrait accueillir une surveillante générale, dont j'ai demandé le recrutement à la direction de l'enseignement. Ma Bertha ne suffit pas. Ma Bertha est une vieille femme.

Mois d'août studieux. La plupart de mes amis étaient en France. Les autres, qui n'ont droit aux congés que tous les deux ans, travaillaient. Il pleuvait, mollement. Douala s'étendait, immobile sous le blanc, sous le gris. Un air épais, chargé d'eau du matin au soir. J'ai accroché des ampoules dans mes armoires, pour sécher le linge taché de moisissures. La peau me démange encore. Malgré les premiers mètres carrés de goudron dans Douala, les routes étaient envahies de poto-poto, une boue ocre et glissante. La cour en était couverte. Monique était d'humeur maussade. Pierre a préféré le chantier des Trouvère. J'étais seule au collège. J'ai travaillé.

Un Noir de Gold Coast, le docteur Aggrey, affirme : « Instruisez un garçon, vous aurez éduqué un homme ; élevez une fille, vous aurez civilisé une famille. » L'Afrique sera ce que les femmes en font. J'ai tant appris en Angleterre, en Italie. On nous demandait de former des personnes responsables, curieuses, conscientes du monde autour d'elles. Nous sortions les élèves du collège, elles se confrontaient à la vie au-dehors. Saint George, à San Remo, avait si peu de murs et de plafond.

J'ai fait la liste des sites indispensables à visiter avec mes élèves : à Douala, pouponnière de Déïdo, léproserie de Bossa, Petites Sœurs des pauvres de New-Bell, hôpital Laquintinie. Le port. Suélaba et Manoka — trop de filles ne connaissent pas la mer. Victoria, capitale du Cameroun britannique, les palmeraies, les fumeries de poisson. Missions catholiques et protestantes à trente kilomètres de la ville, pour les vacances de Pâques — activités sociales. Pour le financement, j'ai ma petite idée. On me reproche çà et là de détourner les filles des devoirs ménagers, de les transformer en chiens savants. Je vais faire d'une pierre deux coups : chaque trimestre, nous organiserons une kermesse au foyer protestant fréquenté par mes élèves. Expositions de broderies, de couture, de coupes, vente de boutonnières, de cols et de poignets cousus à la main. On ne doutera plus des talents ménagers des élèves. Ensuite, chant choral, quelques danses africaines et un déjeuner payant cuisiné au cours d'art ménager. De quoi commencer une petite trésorerie, dans cette ville qui manque de distractions. Pour la légalité, créer une association sportive des jeunes filles de New-Bell, par laquelle l'argent transitera. Elle pourra servir au déplacement de mes championnes lors des compétitions de volley-ball ou d'athlétisme. Les Camerounaises adorent le sport, leur corps est fait pour le mouvement.

J'ai exposé mon plan d'action à la réunion de rentrée des professeurs. Mon assurance m'étonnait. Elle puisait moins dans mon projet que dans la joie d'évoquer l'avenir.

8 octobre

Neuf heures trente. Mme Dupré-Maubert fait irruption dans mon bureau. Elle est furieuse. Elle me tend une copie d'élève. Sujet : « La rentrée des classes. Racontez vos impressions personnelles. »

La rentrée, elle a commencé dans le car de Kribi à Édéa. Une grande de quatrième a ri, quand le car est parti elle m'a dit : « Arrête de pleurer, chiffon ! Sors des jupes de ta mère ! » Elle a tendu sa main par-dessus le banc, m'a ordonné de l'embrasser. « Il faut m'obéir, maintenant. Tous les chiffons de sixième nous doivent respect. Tu as compris ? » J'ai dit que oui, et elle m'a donné une poignée d'arachides.

Pendant toute la route, j'ai cherché ses affaires, épluché ses fruits, essuyé la poussière de ses chaussures. Elle a dit que j'étais un bon petit chiffon. J'avais un peu peur.

Après on a pris le train jusqu'à Douala. J'ai porté le sac de la grande jusqu'au wagon. Elle m'a dit que je devais l'appeler son altesse, puisque j'étais un chiffon.

Dans le train, la grande a parlé avec ses amies. Elles ont raconté que la sixième, c'est très difficile, et que si on

voulait de l'aide aux devoirs, il fallait se tenir à carreau.
J'ai demandé la permission d'aller voir s'il y avait
d'autres élèves de sixième dans le wagon. La grande a
dit non, j'ai le temps pour ça au collège. Dans le train,
j'ai entendu d'autres chiffons avec d'autres altesses, alors
j'ai pensé que c'est normal.

Au collège, c'est très beau. Il y a des grands arbres…

Ce n'est pas bien méchant… Mme Dupré-Maubert est outrée. C'est l'occasion de proposer mon idée. Établir des hiérarchies officielles qui clarifient les rapports entre élèves. D'abord, adapter au collège le système d'élection de chefs de classes, si répandu en Angleterre depuis les années vingt. Une responsable par classe nommée « surveillante » qui contrôlerait la discipline et le respect des horaires. On réglerait du même coup, en la leur confiant, la question de la surveillance des études. Une fonction tournante pour valoriser chacune. À cela, ajouter un véritable tutorat : les cinquièmes pour les sixièmes, les quatrièmes pour les cinquièmes, jusqu'aux troisièmes, chaque aînée ayant pour fonction de transmettre les grands principes du savoir-vivre à une plus jeune. On les appellerait « marraines ».

Bien sûr, les professeurs émettront des réserves. Le tutorat est un formidable prétexte pour les brimades, l'étude se transformera en chaos, l'Afrique n'est pas l'Angleterre… Réticences bien françaises.

Je fais confiance aux élèves.

Première tornade ce jour. On a couvert le chantier. Une branche de palmier a fracassé les vitres de la canadienne.

L'après-midi, une visite inattendue. Élizabeth, toute nouvelle « surveillante » de troisième, frappe à mon bureau et vient accomplir sa première mission : me parler au nom de ses camarades de classe.

Je l'ai fait asseoir.

— Nous sommes honorées d'être marraines des plus jeunes. Toutes les filles ont maintenant une marraine. Sauf nous.

Élizabeth fixe le sol. Les troisièmes veulent une marraine.

— Que suggères-tu ?

— Moi ?… je ne sais pas.

Je retourne la question dans ma tête, mais la réponse s'impose. Ce sera moi.

Élizabeth n'en croit pas ses oreilles. Elle se lève, court annoncer la nouvelle.

Quand vais-je trouver le temps ?

Je suis infatigable parce que je suis laide.

Exceptionnelle à la hauteur de ma laideur.

Elle a décidé de ma vie. Je suis un petit soldat envoyé au front, qui n'a d'autre mérite que celui de n'avoir pas déserté.

16 octobre

Heureuse nouvelle ! Fanny vient d'accoucher d'une petite Violette. 3,3 kg, 49 cm. Léon m'a invitée à boire le champagne chez lui.

21 octobre

Maman m'en parle. Ça devrait m'être égal. Je n'y pense plus depuis au moins trois mois. Elle m'a donné des nouvelles de tout le monde. Tante Joss a repris la marche en Tarentaise, on a refait le toit du chalet Acajou, les Frémiet y ont séjourné pendant huit jours. Maman dit qu'Émilienne a vieilli. Deux fois qu'elle en fait la remarque. Maman vieillit aussi.

Ça devrait m'être égal mais je ne pense qu'à ça. Juste avant, maman m'annonce la naissance de Perrine, ma cinquième nièce, sa joie de recevoir les petits-enfants pour la Toussaint, et commente ses rhumatismes. Suivent des banalités. L'automne avance, l'humidité lèche les flancs de la vallée. Il a neigé quelques flocons, à peine de quoi givrer la pointe de l'herbe. On fait du feu depuis dix jours.

Ça ne devrait pas me toucher. Plus maintenant. C'est pris dans le flot d'anecdotes, les pages à l'écriture serrée de ma mère qui ne me laisse rien ignorer, pour oublier que je suis loin, que tous ses enfants sont partis.

Ce n'est qu'une phrase. Cette phrase m'importe. Elle tourne et retourne, les mots changent d'ordre et ne me quittent pas. *Yves Kermarec et*

*l'enfant n'auront pas de Léa. Léa et l'enfant d'Yves
n'auront pas de Kermarec.* Les hommes, les femmes
passent devant ma fenêtre, ils glissent dans la nuit.

« Yves et Léa Kermarec n'auront pas d'enfant. »

J'ai honte, car cela me rassure.

23 octobre

Depuis le matin l'eau goutte, régulière, éner-
vante ; s'écrase dans les deux bassines déjà pleines.
J'ai placé les fauteuils en arc de cercle. Les autres
s'assiéront par terre, de part et d'autre des bassines. Il faut vraiment rénover le toit de ma case.

Elles arrivent d'un moment à l'autre. Je regarde
ma montre : 17 h 56. Quatre minutes. C'est ridicule,
ce trac. Les secondes s'égrènent une à une, marte-
lées par les gouttes au son creux. Je m'approche des
persiennes. Elles attendent, bien rangées à dix
mètres de ma case, chuchotantes et riantes, Élizabeth en tête. Je n'ai plus qu'à ouvrir la porte. Elles
feront silence, je les inviterai à entrer. C'est simple.
Une goutte. Mais après ? Une goutte. Six heures.

— Mesdemoiselles !

Comme prévu elles se taisent, serrent contre elles
crayons et cahiers, petit essaim excité et timide.
Elles pressent le pas, entrent au salon. S'immobili-
sent le long du mur. Une goutte.

Je les invite à s'asseoir. Elles sourient, basculent
d'une jambe sur l'autre. Leur « surveillante » sort
du rang. Elle choisit son fauteuil.

— Eh bien, il faut vous asseoir !

Elles s'exécutent dans un bruissement de tissu.

Une goutte. Je ferme la porte. Je prends place en face d'Élizabeth. Les filles ont ouvert les cahiers sur leurs genoux. Elles tiennent leurs crayons entre pouce et index, prêtes à écrire. Elles me regardent. Une goutte. Je leur demande de ranger papiers et crayons, nous allons discuter.

La pluie s'abat d'un coup avec un bruit de pierres. Il fait très sombre dans la pièce. La nuit est presque tombée.

« Je voudrais que nous parlions de la femme… la femme camerounaise. » Mauvaise accroche. J'essaie autre chose. « Bientôt vous quitterez l'école. » Je marche sur un fil. « Votre vie va beaucoup changer. Le mariage, la dot, il va falloir y penser. Ou bien les autres y penseront à votre place. » Je ne sais pas m'y prendre.

Les gouttes forment un filet d'eau qui coule depuis le toit comme un robinet mal fermé. Dehors, le vacarme est énorme. Je regarde le toit. Le filet d'eau grossit. Les bassines vont déborder.

J'appelle Prosper. Les filles se lèvent et refluent vers les murs. Je hurle à mon boy d'apporter des bassines. Il se précipite, les cheveux et la chemise trempés. Trop tard. L'eau se répand sur le sol. La flaque transparente glisse lentement sous les meubles, soulève un papier froissé, évacue des grumeaux de poussière. Prosper saisit une bassine pleine, la porte au-dehors en éclaboussant ses chaussures. Là-haut, quelque chose craque. Une fille crie. Un morceau du plafond s'effondre. Il pleut dans la case. J'ordonne aux filles de sortir.

— De la tôle sur le toit, vite !

Je tends à mon boy la clé de la remise. Je jette un œil par la fenêtre. Le chantier semble intact. Je marche dans vingt centimètres d'eau.

La pluie cesse quelques minutes plus tard. Prosper a grossièrement bouché le trou. Les filles ont rejoint le réfectoire. J'aide Prosper à éponger le sol. Je pense au coût de la réparation. Il faudra ralentir le chantier. Héberger quelques semaines encore la famille Lainé. Nous serrer dans la partie solide de ma case. Retarder le recrutement d'une surveillante générale. Je me suis assise dans le canapé au milieu du désastre ; meubles, tableaux, tapis gonflés d'eau. Papiers noyés, vase brisé. Il y a un trou dans mon toit et je suis soulagée : mon rendez-vous avec les troisièmes est décalé d'une semaine.

29 octobre

J'ai trouvé. À Saint-George, nous avions institué de grands débats entre parents et élèves. Les jeunes filles apprenaient à s'exprimer devant les adultes sur l'actualité brûlante ; le désarmement, la guerre d'Espagne… Liberté impensable en France. Et en Afrique ?

Avec les troisièmes, nous évoquerons la dot. Tout ce que je sais sur le sujet, je l'ai appris des péripéties de mes élèves et de sœur Marie-André du Sacré-Cœur. *La condition de la femme en Afrique-Occidentale française.* Le texte date de 1939. Il s'applique aux peuples du Niger. Mais il pourrait avoir été écrit ici, aujourd'hui. Grâce à ce livre, mes anecdotes prennent sens.

Trop d'élèves perdues pour le collège à cause de cette coutume. L'échange symbolique disparaît. On achète les filles en espèces sonnantes et trébuchantes. Retirées de l'école, elles sont mariées au plus offrant. L'option BEPC vaut une fortune. Celles qui ont la mauvaise idée d'aimer un homme sans le sou sont vouées au célibat, comme les filles laides. Elles sont malheureuses. Une enfant malheureuse est un fardeau pour son pays.

Les filles obéissent à leur père et je ne peux pas changer les pères. Ce sont eux qui perpétuent la coutume. Seuls quelques-uns, fonctionnaires, citadins, abondent dans notre sens. Mais nos élèves seront mères un jour, et belles-mères. Il faut qu'elles épargnent à leurs enfants ce qu'elles n'ont pas pu refuser pour elles. Je veux qu'elles se démarquent de ces épouses de Noirs « évolués » qui sont complices de leurs pères. Elles jouent les princesses, font grimper leur valeur marchande. Elles rêvent de vêtements de soie, de poudre de riz, d'eau de Chanel et de robes à strass. Mais sous les bijoux, quatre mots d'anglais et une horde de domestiques, c'est la préhistoire.

Nous parlerons de la dot. Sujet fondamental pour elles. Si étranger à ma vie.

Les troisièmes arrivent à dix-huit heures. Comme la semaine dernière, elles m'attendent devant ma case. Toujours ce trac idiot. J'ouvre la porte, elles se taisent, se lèvent, se rangent. Élizabeth entre la première, s'assoit. Les autres suivent. Je m'assieds. C'est la même scène que lundi dernier, les bassines en moins.

— Nous allons commencer une conversation. Le thème : la dot. Qui peut me dire ce que c'est que la dot ?

Encore trop brutal. Elles se regardent, baissent les yeux. Silence total. Ai-je posé une question obscène ? La pluie ne me vient pas en aide.

— Alors, qui veut me donner sa définition de la dot ?

Elles retiennent leur respiration. Elles s'appliquent à ne pas bouger. L'immobilité comme cachette.

— Personne n'a envie de parler ? Je croyais que vous vouliez une marraine… Nous n'allons pas boire le thé ensemble !

Une main se lève, hésitante.

— Marirose ?

— Est-ce que… combien avez-vous de frères et sœurs ?

Marirose gratte le sol du bout de l'ongle. Vingt-deux yeux me regardent, en attente. Elle a parlé pour eux. Il faut bien un début. Je ne suis pas douée pour les débuts. J'allume la lampe-tempête.

— Nous sommes cinq enfants. Mon frère Henry

est aviateur. Il vit en Afrique avec sa femme Jeanne et change de pays tous les trois ans. Mon frère Georges est militaire. Il habite au Maroc avec sa femme Monique. Mon troisième frère, Louis, est ingénieur. Lui et son épouse Germaine résident en Côte-d'Ivoire. Je n'ai qu'une sœur. Elle s'appelle Lucienne et vit aux États-Unis où elle est infirmière.

— Il n'y a personne en France ?

— Ma mère.

— Et... où êtes-vous née ?

Il fait nuit noire. La flamme oscille sur les visages rapprochés de mes filles. Je parle, elles écoutent. Chambéry, les montagnes, les torrents, les glaciers. L'escalade du mont Blanc, les crissements de la poudreuse. Les stalactites au bord du toit. Les filles se serrent plus près de moi, ou peut-être n'est-ce qu'un effet d'optique dû à la lumière. Je pense à ma grand-mère qui, devant la cheminée, nous lisait la comtesse de Ségur. Nous brûlions de lui demander son âge, par plaisir de percer un secret. Malgré la pénombre, nous n'avons jamais osé.

8 novembre

Dimanche à la léproserie de Bossa. Monique Guerrin m'a rejointe. Le père Bénard nous a accompagnées. En chemin, il a confessé les filles à l'écart du rang, le regard perdu dans la poussière comme il est d'usage, le visage grave. Pour couvrir les confidences, les autres chantaient à tue-tête *En passant par la Lorraine.* C'était cocasse.

Monique tenait à me présenter une certaine Erica Brückner, épouse de pasteur très active au sein du Secrétariat social du Cameroun. Le Secrétariat connaît bien le terrain, éduque les femmes et les mères à l'hygiène de base, et publie chaque semaine une lettre d'information sur les questions féminines. Au sujet de la dot, Erica Brückner prêche la nuance. Toutes les Camerounaises ne sont pas dotées et le christianisme a beaucoup aidé à réduire cette pratique. Le phénomène tel qu'il existe aujourd'hui est très édulcoré, bien que l'inflation ait ravivé la tentation des pères : leurs filles ayant pris de la valeur, ils n'hésitent pas à les faire divorcer pour mieux les revendre.

Tandis que nous discutions, les élèves chantaient pour les lépreuses. Les lépreuses frappaient leurs moignons. J'écoutais Erica devant ces chairs rongées autour des orifices. Bouches sans lèvres, narines à nu, oreilles rognées. *Cadet Roussel a trois maisons, Cadet Roussel a trois maisons, qui n'ont ni poutres ni chevrons, qui n'ont ni poutres ni chevrons.* Erica disait que les Blancs ont la critique facile, l'argent compte aussi dans les mariages européens. Ensuite, combattre une coutume, c'est ouvrir une brèche dans tout le système traditionnel. Et hors de la coutume, la solitude peut être affreuse. Nous bavardions et les lépreuses étaient en train de mourir, elles s'effaçaient sous nos yeux. Elles souriraient de plus en plus, une béance au milieu du visage. *C'est pour loger les hirondelles, nous avait dit Cadet Roussel ! Ah, oui vraiment, Cadet Roussel est bon enfant !*

Erica conclut que, quels que soient nos actions et nos arguments, la pratique de la dot survivrait longtemps encore. Le réflexe de conservation est aussi valable ici qu'ailleurs.

Une énorme lépreuse s'est levée, a commencé à danser. Elle a frappé les pieds par terre, elle a ri en se mêlant aux filles. J'ai regardé ses doigts. Ils étaient devenus ronds, la première phalange était entamée. J'ai eu honte de penser qu'ils ressemblaient à de petites saucisses.

Marirose a entonné les premières notes d'un chant bassa. Les filles ont entouré la lépreuse, dansé en cercle. La femme s'est épuisée. Elle s'est écroulée sur une chaise. Elle a murmuré : « Danke schön » à notre intention, et fermé les yeux.

Pique-nique le long du Wouri. Manioc, boîtes de sardines à la tomate et pain, comme chaque dimanche. Monique avait apporté des pommes, les élèves se sont régalées. Erica a promis de me laisser un article de *La Presse du Cameroun* pour les troisièmes.

11 novembre

Cérémonie au monument aux morts. Des couronnes de fleurs. *La Marseillaise* par mille voix d'enfants. Que savent-ils de notre guerre ? Un grand-père, un oncle abîmés dans les tranchées ? Une médaille à ruban conservée dans un mouchoir ? Des images en noir et blanc reproduites dans les manuels d'histoire, une liste de noms gravés en petites lettres dans le marbre, au-dessus d'une gerbe de fleurs.

La fête la plus animée de toutes, mes élèves l'appellent « Katosse ». La prise de la Bastille ne leur évoque rien. La fête la plus triste, « Onovembe », les ennuie magistralement.

Une leçon apprise par cœur, aussitôt oubliée, comme toutes ces choses auxquelles on ne tient pas.

14 novembre

À de rares exceptions, je ne supporte pas les femmes blanches.

Ce matin, visite de Mme Rouquetin. Elle entre dans mon bureau, suivie de son lourd parfum de tubéreuse. Elle dit qu'elle connaît l'existence des « surveillantes ». Mme Rouquetin s'étonne de la nomination de Rebecca Nyonga à la place de sa fille. Les candidates étant ex aequo, j'ai préféré confier le rôle à Rebecca, plus âgée que Juliette. Mme Rouquetin fait tinter ses bracelets.

— Cette petite est mauvaise. Elle contraint Juliette à lui faire ses devoirs. Je suis libérale, mais tout de même, mademoiselle Marthe, ma fille terrorisée par une indigène…

J'ai rétorqué :

— Le collège du Saint-Esprit fonctionne différemment. Peut-être vous conviendrait-il mieux ?

Mme Rouquetin sort de mon bureau les mâ-

choires serrées. Elle trouve Rebecca en larmes derrière la porte. Elle fronce les sourcils.

— C'est elle, n'est-ce pas ? Tu es Rebecca Nyonga ?

Secouée de sanglots, la petite ne peut rien dire.
Je lui demande de m'attendre là et je raccompagne mon hôte au portail. Hoquets de l'une,
bruit des talons de l'autre.

— Eh bien… je vais réfléchir. J'espère que vous
ferez de même, mademoiselle Marthe.

— Je vous ai tout dit, madame.

Je mets dans mon sourire le plus de douceur possible. Mme Rouquetin monte dans la voiture. Un bel
insecte noir, luisant sous la lumière de midi. Le
chauffeur démarre. Le pot crache une fumée dense
et âcre. Des particules de dioxyde restent en suspen-
sion dans l'air. La voiture s'éloigne et avec elle, l'une
des bienfaitrices du collège. Il faudra encore retarder
l'avancée du chantier.

Je traverse la cour. Dans le cadre d'une fenêtre, le
profil de la petite Juliette Rouquetin. Debout, les
cheveux noués par un ruban, elle récite sans une
hésitation.

Mer
Ville
Et port
Asile de mort
Mer grise
Où brise
La brise
Tout dort

Comme un rouleau de machine à écrire. Un petit mécanisme parfaitement au point. L'une de nos meilleures élèves, mais rien ne l'habite. Les talons hauts de sa mère résonnent dans sa poésie.

Je marche vers le visage suppliant de Rebecca, qui a tout entendu de notre conversation. Je passe un marché avec elle : je ne sanctionne pas son indiscrétion, elle oublie cette conversation.

25 novembre

Il fait très doux. Bientôt la saison sèche. Un espoir de ciel bleu. La famille Lainé est endormie, je viens de terminer le courrier. J'ai relu quelques pages de ce journal, au hasard. Je me demande pour qui j'écris.

J'écris à une amie lointaine, qui ne saurait rien de ma vie. Je tiens à tout : aux odeurs, aux questions sans réponses, aux premières fois. Je tiens à mes peurs. Elles disent qui je suis. Je tiens à mes audaces, à ma déception. Je tiens à ceux que j'aime, je tiens aux autres. Ils existent, ils me dessinent dedans, dehors. Je ne veux rien omettre.

J'écris à une amie chère ; elle ignore tout de moi. C'est la petite Charlotte de Séez, perdue dans les replis de Tarentaise, qui boit la neige fondue, dévale les pentes grasses et court derrière les vaches aux pis gonflés. Charlotte insolente, espiègle, qui n'a pas encore de sexe. Pas la moindre ambition au-delà du mont Blanc. Pas de plus grand souci que l'infernale attente du printemps, des premiers sauts dans le torrent. Charlotte qui se moque d'être laide, puisqu'elle l'ignore. Puisqu'elle est forte.

Se fiche d'être aimée.

28 novembre

Élizabeth a recopié, à la machine à écrire, l'article conseillé par Erica Brückner. Elle l'a tapé dans mon bureau, avec un doigt, ce qui lui a pris trois heures.

Pour commencer, j'ai laissé les filles parler d'elles. Je n'ai rien appris. Je connaissais les professions des pères, trois fonctionnaires, deux planteurs, un chef traditionnel, deux infirmiers, un commerçant. Une fille est orpheline, une autre est métisse de père inconnu. Toutes ont au moins cinq frères et sœurs. Le record est de dix-huit, mais il y a plusieurs mères. Marirose est la seule enfant de famille polygame.

J'ai distribué les copies carbones pleines de fautes d'orthographe.

> « *En rire ou en pleurer ? — Histoires de dot*
> *par Cosmas Mbembe*
>
> *Salle de tribunal. Un respectable chef de village, dont je tais le nom par circonspection, surgit. « Qu'est-ce qui dérange votre majesté ? » demande le président qui l'a vite reconnu à ses galons d'or. « Il y a environ dix ans que j'ai donné ma fille à mon gendre X... Il ne m'a donné que*

5 000 F et quelques cadeaux. Maintenant qu'il est riche, il ne veut plus rien me donner. Il a sept enfants avec ma fille. Je me suis présenté à plusieurs reprises avec lui devant le chef supérieur Émile Langoul. Il a été conclu qu'il devait me donner un supplément de dot de 25 000 F plus un costume de gala pour un illustre chef tel que moi. Je viens donc vous avertir que, dans le cas où il ne me donne pas tout ceci quand la traite du cacao et du café commencera, je confisque et sa femme et ses enfants… »

Les mots s'enfoncent avec lenteur. Marirose fronce le nez. Le mot « circonspection », peut-être. Élizabeth regarde par la fenêtre, la pupille fixe. Les yeux de Jeanne glissent sur le papier. Elle fait semblant de lire, timide ou indifférente. Germaine remue les lèvres, muette, appliquée, les épaules affaissées. Il faut qu'elles parlent. Je ne peux rien dire. À trente-six ans mon corps est figé, mon cœur est sec.

— Cinq mille francs, ce n'est pas beaucoup, dit Julianne.

Élizabeth, citant son père, affirme qu'un bon chrétien ne vend pas sa fille. Julianne rétorque que la femme a été tirée d'une côte d'Adam. Si on prend une fille à son père, il faut le dédommager. Dorothée vient au secours d'Élizabeth :

— Qu'est-ce que c'est, une côte ? Un bout d'os qui ne sert à rien. On peut s'en passer. Tu crois que les hommes peuvent se passer des femmes ?

Thérèse, elle, aimerait recevoir une belle dot. Sa mère prétend que c'est une preuve d'amour.

— Tu es au Moyen Âge, Thérèse. Et si ton prétendant est pauvre, comment fera-t-il ?

— S'il m'aime, il trouvera.

Elles se moquent les unes des autres, sans méchanceté. Elles font juste quelques pas en arrière, elles se regardent.

— Et vous, madame la directrice, qu'est-ce que vous pensez ?

Je me contente d'une observation. Je ne vois dans ce texte qu'un seul personnage qui ne possède rien, pas même ses enfants, et dont tout le monde se dispute la propriété. C'est une femme. Cette femme, ce pourrait être l'une d'elles, ce pourrait être moi.

30 novembre

Bonne nouvelle au courrier de ce matin : le ministère accepte le recrutement d'une surveillante générale. Je me mets en chasse !

7 décembre

J'ai trouvé. Elle s'appelle Baptistine Ferrigues. C'est la sœur de Fanny. Vingt-quatre ans, institutrice, rêvant d'un poste en Afrique. Fanny revient la semaine prochaine avec sa petite Violette. Elle m'amène Baptistine comme surveillante générale.

Baptistine vivra avec les Duchâble, ce qui libère la case initialement prévue pour la surveillante. Dès demain, les Lainé peuvent donc déménager. Je vais être chez moi.

15 décembre

Violette est magnifique ! Un bébé rose et dodu, que son frère jalouse. Fanny a beaucoup maigri. Huit kilos, dit-elle. Le poids de Marie. Elle semble fatiguée encore, mais heureuse de retrouver sa petite famille.

Baptistine semble sa jumelle, quelques rides en moins. Une assurance douce, parfaite pour ses futures fonctions.

Autre heureuse nouvelle : Pierre m'a appris la naissance d'une petite Denise chez les Trouvère.

La canadienne tombe en morceaux. Les soudures de boîte de conserve lâchent l'une après l'autre. Flaque de graisse sous le moteur. Je crois que c'est la fin.

20 décembre

Fête de Noël au collège. De passage à Douala, le directeur de l'Enseignement nous a gratifiés de sa présence. Des photographes l'accompagnaient. Une nuée de petites femmes blanches s'agitait autour des personnalités, cherchant à les frôler, à respirer le même air. Je ne me plains pas, ce qui est bon pour ces messieurs est bon pour le collège.

Au foyer protestant, on a dressé de longues tables. À l'entrée, les broderies — un trimestre d'étude et de « sanctions utiles ». Plus loin, le défilé de couture : petits tailleurs style Carven,

chemisiers du soir en tissu camerounais avec boutonnières et poignets, robes longues. Les manne-
quins ne sont pas au point, mais le spectacle est
touchant. Au fond, buffet de dégustations : cru-
dités vinaigrette, spécialités françaises adaptées
aux productions locales, plats régionaux.

Quelques parents d'élèves européens suivaient
leur progéniture à petits pas ; ils achetaient pour
leurs amis les œuvres de leurs filles. Mme Van
Hout s'est précipitée vers moi.

— Ah, mademoiselle Marthe ! Je vous vole un
instant. J'ai appris que vous receviez chez vous les
élèves de troisième, que vous leur parliez de leur
vie de mère et d'épouse… Ma fille est en quatrième, je tiens à évoquer ces sujets moi-même, je
ne voudrais pas…

J'ai rassuré madame, ces rencontres concernent
les Africaines.

— Mais… ce temps que vous passez avec les
élèves indigènes, vous ne le passez pas avec nos
filles… ?

J'ai précisé que ce sont des heures hors pro-
gramme.

— Elles le sauront, par les autres ! Elles sont
trop jeunes pour penser à ces questions…

Il était quinze heures. Au fond du jardin, dans
l'ombre d'un flamboyant, une silhouette familière
fumait une cigarette. Jacques Fronteny.

La chorale se préparait à chanter des lieder de
Schumann. Mme Van Hout m'a suivie à l'intérieur.
Au temple du Centenaire, cent dix-sept enfants por-
taient toutes un cierge allumé. Cent douze jeunes

144

filles noires, nuit trouée de blanc. Cent dix-sept flammes vacillantes dans le courant d'air, près de s'éteindre. Le soleil tombait en poudre sur les dalles. La voûte tenait par ces voix, tendues contre le toit.

Ensuite, spectacle de danse. Les Blancs adorent.

Il n'est resté qu'une broderie et une veste de tailleur. Tout a été vendu. On ne peut plus douter des talents domestiques de mes filles, les mauvaises langues n'ont qu'à se taire. Ma petite caisse pèse lourd, enrichie des dons de personnalités locales fières de poser pour les photographes. De quoi faire plusieurs sorties. Au moins une journée à Manoka, une autre à Victoria.

Ce soir, j'ai trouvé dans mon sac une petite enveloppe blanche. Deux cent mille francs en petites coupures.

« *Joyeux Noël*
Jacques Fronteny »

24 décembre

Soir de réveillon. Je n'arrive pas à me préparer. Tout m'écœure. Ma robe, mon parfum, mon collier d'ambre posés sur la chaise, le tube de rouge à lèvres acheté chez Vogue. Pour une fois, j'allais m'apprêter. Je n'ai pas l'humeur à la fête. Colère molle et triste. Voici la lettre reçue ce matin.

Mademoiselle Charlotte Marthe
Collège Moderne de Jeunes Filles
Douala — Cameroun
Bordeaux, le 18 décembre 1950

Madame,

J'ai le regret de vous informer que des accusations graves pèsent sur l'un de vos professeurs, Monsieur Edmond Diamart. Les faits nous ont été communiqués par des mères d'élèves qui souhaitent conserver l'anonymat. Un extrait de la lettre reçue vous éclairera sans équivoque sur la nature des accusations.

« Monsieur Diamart a été vu, par plusieurs témoins, au bras de femmes indigènes d'une moralité assurément douteuse, dans les rues du quartier Mozart, à Douala (…) ; quartier dont la réputation ne fait honneur ni à ce professeur, ni à l'établissement fréquenté par nos enfants. Par ailleurs, l'âge des jeunes femmes concernées nous fait douter de la sécurité de nos filles au sein du collège. »

Les preuves manquent. Mais le collège de New-Bell est le seul établissement public secondaire du Cameroun qui soit dédié à l'enseignement féminin. Nous ne pouvons prendre aucun risque susceptible d'en ternir l'image. Aussi, je vous annonce l'envoi, parallèlement au présent courrier, d'un ordre de mutation pour Lomé, Togo, au nom d'Edmond Diamart. Il le recevra à son domicile. La mutation est effective au 5 janvier 1951.

Par ailleurs, nous examinons la possibilité de féminiser l'ensemble de votre corps professoral.

*Nous vous tiendrons informée le plus tôt possible
des décisions qui seront prises.*

*En comptant sur votre entière discrétion, veuillez
recevoir, Madame, l'assurance de nos courtoises
salutations.*

L'inspecteur académique,
Léon Gouelle

Je ne peux pas sortir maintenant.
Machine. Papier carbone.

Mademoiselle Charlotte Marthe
Collège Moderne de Jeunes Filles
Douala — Cameroun   *Monsieur Léon Gouelle*
                                        Inspection Académique
                                        Bordeaux

Douala, le 24 décembre 1950

Monsieur,
*Je reçois ce jour votre lettre datée du 18 décembre.
Je me désole que la réputation de mon établissement
soit mise en doute, que nos excellents résultats au
BEPC soient relégués au second plan. Dévouée corps
et âme au collège depuis un an, je m'efforce en dépit
de multiples obstacles d'y former une élite féminine
responsable, capable de prendre en main le destin de
son pays.*
*Mes professeurs et le personnel indigène ne comp-
tent pas leur énergie au service de cette ambition. Ils*

m'offrent tous les jours des preuves de leur dévouement et sont aux yeux des élèves un exemple de courage et d'intégrité.

Vous admettez la fragilité des accusations formulées contre Monsieur Diamart. Je ne souhaite pas juger par ouï-dire. Mon seul devoir est de protéger mes élèves. Aussi l'éloignement du professeur est-il, j'en conviens, nécessaire. Mais, par souci de justice, une enquête me paraît appropriée.

Vous évoquez ensuite la féminisation du corps enseignant. Je comprends que les circonstances vous incitent à des mesures de précaution. Le professeur de chant n'est présent au collège que deux heures par semaine. Une telle décision n'aurait de conséquences réelles que sur Monsieur Merlet, professeur d'Histoire, dont les mœurs sont irréprochables. Je n'ai pas plus de preuves en sa faveur que vous n'en avez contre Monsieur Diamart. Je n'ai à vous offrir qu'une conviction profonde. J'espère votre confiance.

Vous pouvez compter sur ma discrétion ; mais si je peux me permettre : vos délatrices ont, elles, intérêt à la publicité.

Dans l'attente de vos décisions, je vous prie de croire, Monsieur, en l'assurance de mes sentiments respectueux,

Charlotte Marthe

Beaucoup d'hommes au quartier Mozart. Des Noirs, des Blancs. Chairs noires pétries, mordues, éventrées. Pire que le quartier Mozart, ces coins sordides décrits par Erica Brückner où des fillettes de douze ans font commerce de leur corps. Des Noirs, des Blancs le dimanche, agenouillés devant l'autel auprès de leurs femmes, espérant que le Jugement dernier est une vaste farce. Pauvres cocues, mortes de honte. Réduites aux lettres anonymes, vengées par procuration.

25 décembre

La fête a eu lieu chez les Guerrin. Des lampions scintillaient dans les manguiers, à travers le feuillage dense. Des torches brûlaient tout autour de la maison. Sur les tables, des fleurs, des paniers de fruits. Dans l'air, Louis Armstrong et l'odeur familière des bâtons de citronnelle. Monique portait une robe jaune. Elle passait de main en main, souriante entre les plateaux de douceurs, les coupes de champagne. Dans toute cette lumière, moi.

J'ai regardé les couples danser, appuyée au tronc d'un manguier. Plantée comme une écharde au milieu de la fête. Les acteurs jouaient leur rôle à la perfection. L'inspecteur primaire était plus vrai que nature. Il me souleva, m'emporta sur la piste, et je riais parce que j'étais loin. Mon corps valsait, moi je restais là-bas, appuyée contre le manguier. Près de la porte d'entrée, deux mères d'élèves m'ont saluée du bout des lèvres. L'inspecteur primaire m'a relâchée. Devant le massif de fleurs, Mme Rouquetin et ses amies, concentrées sur la mise en scène, ne m'ont pas vue. Monique et Fanny se sont rapprochées de moi.

— Ça manque de tension psychologique, mais c'est assez réussi, vous ne trouvez pas ?

Au premier plan, Andreas Papadopoulos, richissime commerçant à la panse gonflée, qu'il porte comme une enseigne. Il picorait des pruneaux tièdes. Entre chaque bouchée, il se curait consciencieusement les dents. À sa gauche, une longue femme aux cheveux roux, la taille serrée dans un corsage vert pomme. Mlle Ginette, coiffeuse, sa maîtresse. Plus loin, un squelette en smoking : le directeur du Crédit Lyonnais, en grande conversation avec Édouard Dumoit, président du club de bridge. Assises à une petite table, au deuxième plan, une robe en mousseline rose bavardait avec un bustier de satin.

Un figurant a fait son entrée. Il portait un deux-pièces bleu foncé, une chemise blanche. Une moustache drue. Il souriait, l'œil allumé, comme un gamin prêt à faire une bêtise.

— Ah, les trois Parques !

C'était Edmond Diamart. Le facteur n'était pas passé. Nous nous taisions toutes les trois, ivres et nauséeuses. Nécessaires les unes aux autres. En France, nous ne serions peut-être jamais devenues amies.

Aujourd'hui, Diamart a pris l'avion. Juste avant il est venu me saluer. Il a choisi le petit matin d'un jour férié, sans doute parce que le collège serait vide. La rue serait déserte. Mais comme si la précaution n'était pas suffisante, il marchait vite, la tête baissée. Il avait coupé ses cheveux. Rasé sa moustache. Au-dessus de sa lèvre, dans le cou, de fines marques blanches là où la peau était restée cachée. Les petits garçons en portent de semblables, en France, à la rentrée des classes, quand les bains de mer, les jeux au soleil prennent fin.

Nous nous sommes serré la main sur le seuil de ma case. Le moteur de la voiture tournait, derrière les barrières.

— Bonne route, mademoiselle Marthe. Je crois que j'étais un bon professeur.

Il m'a tendu son cartable, plein de copies corrigées.

— Vous direz à Rebecca que je la félicite. Elle est faite pour les sciences, cette petite. Le cartable, c'est pour elle.

J'ai demandé à Diamart s'il connaissait Lomé. Il a dit que non. Il a ajouté : « Qu'est-ce que ça peut faire ? », et j'ai ressenti une tristesse incroyable.

Les langues se sont déliées. Le secret scintille dans les pupilles, pince les lèvres, creuse des silences dans votre sillage. Au réveillon hier soir, il passait de visage en visage, se répandait comme un petit feu de brousse : à ras du sol, à une vitesse

151

folle. Erica Brückner est venue me trouver, paniquée : le bruit circulait que des élèves avaient été violées.

Pierre m'a montré les étoiles. J'ai tout oublié depuis la Savoie. Il a promené mon doigt sur le ciel, d'une constellation à l'autre. Loin derrière, le théâtre colonial. Sa bêtise, son ennui.

5 janvier

Comme prévu, Fanny remplace Diamart. Je remplace Fanny. Éliane Grassette est guérie du scorbut ; fin des heures supplémentaires pour Louise Dupré-Maubert. Juliette Rouquetin est entrée au Saint-Esprit, la jeune Van Hout l'a suivie. Personne n'est irremplaçable.

L'affaire Diamart a secoué le collège. J'ai annoncé la mutation le jour de la rentrée. Nous n'avons rien expliqué aux élèves. Rebecca n'a pas voulu du cartable. Côté professeurs, la suggestion de féminisation du personnel a soulevé des huées.

— Fascistes, a murmuré Pierre, et cette violence en lui m'a stupéfaite.

Chacun a regagné sa classe, mâchoires serrées. Mon petit peuple gronde. Il se tapit le long de ses frontières, sur la défensive.

Il est neuf heures du soir. Tout est calme. Un énorme cafard se hisse sur la table. Il traverse l'étendue de bois clair, lourd, hésitant.

Au-dehors, la clarté furtive d'un faisceau de phares. Une lumière tremblotante au dortoir. Baptistine termine l'*Iliade* et l'*Odyssée*.

La caisse est vide. Malgré la kermesse il ne reste rien. Les bourses d'internat ne sont pas arrivées depuis octobre. Cinq lettres de rappel n'ont eu pour effet que l'envoi d'une nouvelle liste d'attribution, sans rapport avec celle de la rentrée. Figuraient plusieurs noms d'externes, et même ceux d'anciennes, diplômées du BEPC, en France depuis l'été ! Dans ces conditions, pas question de payer Baptistine Ferrigues. Je n'ai pas de réponse de Yaoundé concernant son recrutement effectif. Pourtant la demande a été faite il y a deux mois. J'ai pris sur moi. Baptistine sur elle. Je l'emploie sans garantie de salaire. Elle espère être récompensée de sa patience.

Plus ennuyeux : le budget de vivres frais. Nous avons remis la caisse d'avance pour apurement. Elle n'a pas été renouvelée. Dominique Lainé dit que nous pouvons tenir une semaine, pas plus. Ensuite, nous ne pouvons plus payer le ravitaillement. Que faut-il faire pour être écoutée ? Mourir de faim ?

Le tiroir est ouvert. Je regarde l'enveloppe, un rectangle blanc presque bleu dans la nuit. Le cafard s'approche du bord de la table. Ses antennes palpitent. Il tombe. Une tache noire sur l'enveloppe. Le cafard remue les pattes, le ventre en l'air. Il ne veut pas mourir. Ses antennes s'affolent. Je saisis un coin de l'enveloppe, je le balance au-dehors. Un petit bruit sec. La carapace contre le sol, brisée, crevée d'une bouillie blanche. Deux pattes remuent encore, par réflexe.

Je la tiens, cette enveloppe. Du bout des doigts. Elle me tient. Deux cent mille francs en petites coupures. Un chaton miaule sur la terrasse. Une boule de poil blanc et roux. Entre ses griffes, il tient le cafard mort. Le déchiquette minutieusement.

Je soulève le rabat, collé le 20 décembre pour être sûre de ne pas toucher au contenu. Il cède, millimètre après millimètre, au-dessus de la flamme d'une bougie. Je ne veux pas une déchirure. Un nouveau coup de colle et on ne verra rien. C'est juste pour recompter. Deux cent mille francs. J'ai vu.

Je vais lui écrire que j'ai pensé renvoyer cet argent, offert sans consentement, que je ne veux rien lui devoir. J'ignore le sens de ce don. M'obliger ? Apaiser sa conscience ? L'enveloppe lui appartient encore, il est libre de la reprendre. Mais qu'il n'attende rien en retour.

Je ferai une prière secrète en refermant ma lettre.

Le chaton se lèche les pattes, il bâille.

25 février

> *Mademoiselle, je n'exige rien.*
> *Il ne s'agit ni de vous ni de moi, mais d'elles.*
> *Mes hommages,*

J. Fronteny

J'ai parlé à Fanny. Elle a ri. « Et tu ne m'as rien dit ? Moi, je lui aurais renvoyé l'enveloppe illico. Tu as été plus sage… Maintenant, profite de l'aubaine ! »

J'ai parlé à Pierre. « Oui, Charlotte, vous allez me dire que ses propos, que son cynisme, son arrogance, sa grossièreté, sa désinvolture, son mépris… je sais. Mais, finalement, il n'est pas si mauvais, cet homme. La preuve. »

J'ai parlé à Monique. « Tu te poses trop de questions. Cet argent, tu ne l'as pas volé ? Alors tu t'en sers ! »

Et même à Dominique Lainé. « C'est délicat… Si je peux me permettre, vu l'état de nos finances, vous auriez tort de refuser. »

Cette petite phrase m'a rappelé la pratique du potlatch. Une guerre où le vainqueur est celui qui a tout donné, obligé l'autre à l'extrême.

27 février

J'ai décliné une invitation. C'est la première fois. Pourtant ce soir, rien ne me retient au collège. Mme Berthe a pris son service. C'est un samedi calme. La canadienne fonctionne, pas de visite imprévue, de courrier en retard, d'invasions porcines ou de pannes électriques. Pas de pluies diluviennes, pas de souci de chantier. Je me sens d'humeur plutôt gaie.

Je suis lasse. En cinq ans, la population de la ville a été multipliée par deux, le nombre d'Européens par trois. On en compte six mille sur cent cinq mille habitants. Mais ceux qu'on voit aux brunchs, aux small chops sont toujours les mêmes. On croit faire de nouvelles rencontres, c'est une illusion. Les gens portent des masques qui les différencient à peine les uns des autres. À l'intérieur, ils sont identiques. Un petit monde dans le monde, protégé de tout.

Ici, on évite les sujets polémiques. L'éducation des autochtones en est un. C'est ma vie. Dans les soirées, on ne parle jamais de ma vie. On ne parle de rien. Des mots agréables et glissants et parfumés, des sujets sans aspérité. Des bonbons. Ces fêtes me cantonnent à la marge. Dans les fêtes, je m'abêtis.

Aux dîners ils parlent des dîners, passés, futurs, de ceux qu'on y a vus, qu'on y verra, les prochains menus, la propreté, les boys, la maison, le jardin, et tout cela fait une vie, et même plusieurs qui ne laissent pas d'empreinte. Qui se figure mon existence au milieu de ces corps, de ces cerveaux sans passion ? Coques vides, en apesanteur comme les bulles de savon de mon enfance, qui s'évanouissent au moindre contact avec le réel. Le réel c'est moi, mes piques hérissées contre la jouissance pure : éducation des filles, problèmes de la femme africaine, devoir, élite, progrès. Je crève les bulles, elles éclatent, il reste une trace humide. Une auréole. Plus rien. Je tue l'insouciance, je tue les songes. Je suis là et tout d'un coup ils savent qu'ils n'ont jamais été hommes, jamais été vivants.

Heureusement, j'ai de beaux projets. Les anciennes m'écrivent depuis l'automne, comme je le leur ai demandé. J'ai proposé un échange aux élèves de troisième : je leur lis des passages des lettres de France, où plusieurs d'entre elles termineront leurs études. Elles me racontent leurs villages. Chacune a entrepris une monographie de la femme africaine, selon ses origines propres. Elles imaginent qu'elles sont grands-mères. Elles expliquent à leurs petites-filles la vie de leurs ancêtres. Ou bien elles écrivent l'histoire de leur famille à des filles de leur âge, en métropole. Il faut des fondements solides à leur avenir.

La première fois, elles étaient tout excitées. D'abord, situer sur la carte les villes où les anciennes étudient. À Strasbourg, Renée. À Nancy, Clotilde. À Clermont-Ferrand, Sarah. Julienne à Creil. Suzanne à Angers. À Rouen, Suzanne bis, et Gertrude à Paris. J'ai déroulé une carte Vidal de La Blache, fendue de flèches de couleurs représentant l'avancée des troupes françaises de 1914 à 1918. On a collé des pastilles noires sur les villes concernées.

— Par quelle ville commence-t-on ?

— Strasbourg ! a lancé Lydia. Il y a des cigognes, et elle articula le mot en détachant chaque syllabe. En France, on dit que les nouveau-nés sont apportés par les cigognes.

On m'évoque Rouen, la ville aux mille clochers, Paris et la tour Eiffel, l'Arc de Triomphe, Coco Chanel… Élizabeth me surprend.

— Moi, si j'ai la bourse, je voudrais aller à la campagne. Mon père dit que Paris, ce n'est pas les vrais Français.

Commençons par Angers.

Nous avons quitté Douala vers trois heures de l'après-midi, avec le spécial UAT...

Je ne voulais pas mentir. Les anciennes aiment leurs études, et la plupart sont heureuses en France, même si le pays leur manque. Mais l'adaptation n'est pas toujours facile. Il fallait éviter les passages dissuasifs, car en matière de formation le Cameroun n'a rien à offrir. Il y a Dakar, pour des études simplifiées d'institutrice. Et la France. La France est une chance.

J'ai eu froid, écrit Suzanne. J'ai senti un froid très différent de celui de Yaoundé. Sans vent. Le froid de France me rappelle les chambres frigorifiques des brasseries du Cameroun.

Ce n'est plus moi qui raconte, mais une des leurs. Cela change tout.

Vous nous avez demandé de vous dire nos premières impressions. Une chose que j'ai remarquée tout de suite, c'est qu'il y a de vieilles maisons. En ville, les maisons sont si hautes que les rues ressemblent à des couloirs. J'ai pris plusieurs fois le métro, et l'escalier roulant. Tout le monde se pressait. J'ai compris pourquoi vous nous trouviez indolentes !

Les filles rient. Elles trouvent toutes que je marche trop vite.

Maintenant je suis à Angers. La campagne française, c'est agréable. Toutes ces cultures, ces fleurs, les pommiers, les prairies... Angers est plus calme que Paris, et on me regarde trop chaque fois que je vais en classe. Il n'y a pas de filles noires à Angers.

Je suis en pension chez les sœurs. C'est un peu cher, la bourse est tout juste suffisante si je me prive. Mais j'ai trouvé une amie pour m'aider, une blonde de Caen qui s'appelle Bernadette. Elle étudie les Beaux-Arts. Dans la pension, les jeunes filles suivent aussi des cours de sténographie et de pharmacie.

Ensuite, Strasbourg. Renée s'est mariée avec son fiancé de Yaoundé, avant de partir avec lui pour la France. Elle offre un bel exemple aux filles tentées de noyer leur ambition dans le mariage.

Six jours après mon arrivée à Strasbourg, j'ai commencé ma première année d'infirmière à l'école de puériculture. J'avais onze heures de stage par jour et mon ménage par-dessus le marché. J'ai été imprudente, parce que je devais d'abord m'habituer au climat et à ma vie d'épouse. L'hiver a été dur pour moi. J'ai toujours quelque chose qui ne va pas : grippe, otite, angine, fièvre… mais je ne renonce pas, je tiens à mes études. Je parle mieux français que les Alsaciens !

Clermont-Ferrand. Notre Sarah.

Je me plais tellement à Clermont-Ferrand !

Je suis entrée à l'internat de l'école de sages-femmes. Le recteur de l'académie m'a bien reçue. Les gens me plaignent : « C'est l'automne, ma pauvre petite ! » On a monté le chauffage dans ma chambre, pour éviter que je n'attrape froid.

On s'étonne que je parle français. Les gens ignorent qu'à l'école publique en Afrique-Équatoriale française on ne parle que le français. Je leur ai dit qu'il y a même des Français noirs. Certains ne me croient pas.

Dimanche dernier, une amie m'a emmenée au restaurant. Je n'ai rien compris au menu : « chateaubriand petits légumes » et « pommes de terre en robe de chambre ». Il faudra dire à Mme Delorme de parfaire notre vocabulaire culinaire !

À sept heures, les filles ont rejoint le réfectoire. Élizabeth est sortie la dernière. La porte s'est rouverte, je n'ai vu que ses yeux dans l'entrebâillement. Elle me disait merci.

3 mars

Nous rentrons juste, il fait nuit noire. L'enveloppe de Jacques Fronteny a permis que nous louions deux autobus. Tout le collège, professeurs et personnel compris, est parti pour Victoria, capitale du Cameroun britannique, à deux heures de Douala.

Après le passage du bac sur le Wouri, nous avons traversé le quartier de Bonabéri pris dans la mangrove. À contre-jour, l'affleurement des racines semble une armée d'araignées immergée sous la surface. De loin, en se retournant, on voyait deux avancées de ciment mordre sur le fleuve : le pont en pleine construction. Un jour, la ville s'étendra jusqu'ici.

Au Cameroun britannique, on ne parle qu'anglais. Pendant des kilomètres, les élèves ont joué à déchiffrer les panneaux publicitaires. Les palmeraies couvraient les collines autour de nous. Dans la distance n'apparaissait qu'une masse compacte de feuilles froissées. Dessous, invisibles, les grosses noix rouges dont les Anglais tirent une huile épaisse et un breuvage sucré, fléau de l'Afrique noire : le vin de palme. Ensuite, un rideau continu d'hévéas saignés jusqu'au pied, pliés par le vent comme des tiges de blé. Des hectares de bananes d'exportation. Et partout, bien alignées le long de la route, des centaines de cases blanches, logements des ouvriers agricoles. Ces collines sont le royaume de la *Cameroon Development Corporation*.

Les bus ont suivi le cours d'une charmante rivière, la Limbé, jusqu'à l'océan. Au bout de la route, des toits ont surgi de la verdure. Victoria. Un port miniature, serré, tout blanc, un phare à peine plus haut que le faîte d'un palmier. Une église baptiste, délicate comme un modèle réduit, porte le nom d'Alfred Saker débarqué là en 1844. Il créa la ville, y fonda la première mission anglaise et traduisit la Bible en duala. Les rives noires, volcaniques de Victoria sont plantées de flamboyants. Les fleurs éclatent en grappes rouges qui gouttent sur le sable. Les pirogues étaient tirées, les poissons frétillaient dedans. On débitait des troncs, entassés derrière le port pour alimenter les fumeries. Le soir, les foyers s'allumeraient, une fumée dense et puante monterait du rivage.

Nous avons pique-niqué sur le sable. Nous avions acheté des « mangues du Blanc », plus tendres que les fruits sauvages car c'était jour de fête. Quelques filles avaient enfilé leur barboteuse et, tirant sur leurs cuisses le tissu bouffant, elles s'enfonçaient dans l'eau jusqu'au ventre. Hurlant de terreur et de joie, elles disparaissaient sous la surface. Les vagues moussaient autour d'elles, leurs pieds roulaient sur les galets. Elles émergeaient d'un coup, brillantes comme des cailloux de lave, crachant de l'eau et se frottant les yeux. Elles ne savent pas nager.

Nous sommes allées nous promener sur la colline, du côté de l'hôtel Atlantic Beach, d'où la vue sur l'océan est imprenable. Plus haut, des maisons coloniales entourées de frangipaniers. Et derrière, le fameux jardin botanique que mes élèves rêvaient de visiter. Quelle déception ! Cette merveille, créée par les Allemands en 1892 pour acclimater plantes médicinales et de culture au Cameroun, est complètement laissée à l'abandon. L'herbe pousse au milieu des fleurs. Les pelouses se couvrent de chiendent. Les branches se mêlent d'un arbre à l'autre, offrent des passerelles aux champignons d'écorce. Un ensevelissement vert. Une gangrène.

J'ai livré mes filles aux curiosités du lieu, sous la houlette d'Isabelle Sorgan. Nous avons vu un cyca, palmier à plusieurs troncs rampants, dont l'ancêtre existait il y a deux cent soixante-dix millions d'années. Un « bay rum », son écorce qui meurt et tombe en une mue fine. Des plantes médicinales, prunus et quinquina.

Mes yeux glissaient sans cesse vers les chemins mangés de ronces. Les images de la *Cameroon Development Corporation*, ses pelouses vertes, ses massifs de fleurs se superposaient à cette désolation. Mes élèves, elles, étaient ravies.

11 mars

Mgr Gonneau en personne est venu me trouver à l'issue de la messe. Il m'a félicitée pour ma conduite dans l'affaire Diamart — « je suis heureux que l'école publique ne soit pas un désert moral ! » — et pour mon initiative face au problème de la dot.

Il dit qu'Erica Brückner lui a « tout » raconté : comment nous luttons « contre le concubinage forcé », comment nous « permettons aux indigènes d'entrer dans les ordres ». Car « un père qui ne peut plus vendre sa fille ne la contraint pas au mariage, et les vocations religieuses peuvent enfin s'exprimer ».

Erica n'est pas capable d'un tel raccourci. J'ai osé dire :

— Croyez-vous que désormais on trouvera des jolies filles dans les couvents ?

1er avril

Deuxième kermesse. Belles ventes. Je ne dépends plus seulement de Jacques Fronteny.

9 avril

Retour chez les Trouvère !

Nous fêtons Pâques. Ce matin, toute la communauté est allée à la messe. Simon Noah jouait encore de l'orgue. Le petit Zacharie est à Saint-Germain chez la sœur de Jean.

Pierre et moi avons pris le train hier, peut-être pour la dernière fois. L'avion qui relie Douala à Yaoundé est de moins en moins cher, et beaucoup plus rapide. Moins charmant aussi, sans doute, et dans trente ans, on regardera la larme à l'œil les photos des wagons bringuebalants comme j'admire les clichés du début du siècle, la nature vierge et les hommes qui l'ont explorée.

Dans la famille Trouvère, deux enfants supplémentaires. La petite Denise, mais aussi Julie, une jeune chimpanzé, recueillie par Jean suite au décès d'un ami. Elle mange à table avec nous, pas distinguée mais discrète. On lui donne la fessée quand elle fait une bêtise. Je l'ai vue pleurer, soupirer comme une fille dans les bras de Jean, où elle était venue se réfugier après avoir été chassée du chantier. Je suis décidément la seule à ne pas savoir élever un singe…

Le chantier a beaucoup progressé. Quatre cases magnifiques ont été terminées. Jean reçoit maintenant l'électricité, et il a un petit château d'eau qui fonctionne avec une pompe Jappy. Bien entendu les enfants sont déçus, ils n'ont plus à conduire la voiture jusqu'au marigot. Alors on les envoie faire des courses pas loin, et la police s'en amuse.

Au-dessus des cases, un petit grenier permet de stocker les céréales. Pierre et moi nous y sommes installés, de part et d'autre d'un paravent. C'est plus confortable que la pièce commune.

La communauté se limite peu ou prou à la coopérative de construction et de transport, qui a proposé ses services à l'Électricité de France-Outre-Mer, construit des stations-service… Pas de structure alimentaire, finalement, et les projets d'élevage avec le duc de La Rosière ont été abandonnés. Restent les deux boucheries de Yaoundé.

Jean dit que les indigènes ne sont pas prêts. On leur apporte le savoir, le matériel, l'organisation… Ils restent des employés. Il n'y aura pas de communauté mixte, ni de droit ni de fait, tant que les Camerounais ne seront pas éduqués et indépendants. Pour commencer Jean veut libérer l'agriculture, fondement de l'économie et de la vie communautaire,

164

de la mainmise étrangère. « Il faut faire les choses dans l'ordre », dit-il. Sans doute. Mais que c'est triste un idéal qui meurt.

Jean commence à écrire dans *L'Effort camerounais*. Il a déjà quelques ennemis noirs et blancs, ce qui est bon signe. Il s'est rapproché du Bloc démocratique camerounais, « réformiste et modéré », selon ses propres mots. Seul Européen de l'organisation, il défend la responsabilisation paysanne et participe à la formation des cadres dirigeants.

Cet homme croit en l'homme. Nous ne sommes pas seuls. Le nombre procure ce sentiment étrange, et peut-être infondé, de se tromper moins.

L'après-midi est doux. Le soleil traverse l'entrelacs de branches en lames obliques. Je regarde Pierre pour la première fois. Il a le cou large, un corps massif. Sous sa chemise, le ventre a enflé. Je m'attarde sur ce premier signe de l'âge. Pierre a desserré sa ceinture. Il y a un petit trou usé entre la boucle et le passant, où l'aiguille a travaillé le cuir, craquelé le vernis. Jean rejoint Thérèse. Je propose à Pierre une promenade.

Nous connaissons par cœur tous les chemins qui bordent les cases. Nous marchons sans y songer, nos pensées sont ailleurs. Notre conversation n'a rien à voir avec le paysage. Je demande à Pierre pourquoi il est venu au Cameroun. Il dit qu'après Irène, il n'a pas pu rester en France. Je m'excuse de lui rappeler ce souvenir, mais ce n'est pas vrai, je veux qu'il me raconte. Et Pierre m'exauce. « Il n'y a pas de mal. » Il déboutonne son col.

Irène habitait chez sa mère, à Cauterets. Une petite ville des Pyrénées où Pierre enseignait. Non loin de là, une bourgade du nom de Gurs, premier camp d'internement pour les républicains espagnols. Avant un autre, tragique usage entre les mains des nazis. C'est le 26 août 1942. La Sainte-Natacha. Le prénom de la mère d'Irène. Pierre a cueilli des fleurs le long de la route. La petite maison est posée sur un replat. On la voit de loin, sans haie ni arbres pour la dissimuler. Quatre murs blancs. Sortis par les fenêtres, des pans de voilages gonflés de vent. Pierre aime voir la maison grossir à son approche, entendre ses bruits enfler. La voix d'Irène et de sa mère, les sons de la cuisine, il se sent le bienvenu.

C'est étrange comme ce jour-là le silence le frappe. Il s'aperçoit qu'il marche plus vite. Son cœur bat fort, sans raison. Pierre se met à courir, pris d'une angoisse inexplicable, lâchant ses fleurs, appelant Irène de toutes ses forces. Elle ne répond pas et ce silence est une réponse. Il arrive devant la maison, la porte est ouverte. Dans la cuisine, deux chaises renversées. Personne. Il entend tomber une goutte. Une autre. Très doucement, contre une surface proche, lisse. Il regarde vers l'évier. L'assiette vient d'être rincée, toute brillante d'eau. Il sait qu'il ne reverra jamais Irène.

J'entends des bruits d'oiseaux, des cris de singes que je ne perçois plus depuis longtemps, parce qu'ils sont devenus familiers. J'inspire très fort et je parle. Je raconte que nous étions perchés au-dessus de Séez, un village de Savoie. C'était un soir de mai 1937. Nous avions dévalé la pente à toutes jambes. Là, Yves a dit : « Je vais me marier », et ce n'était pas avec moi. J'ai mordu dans une pomme. Le jus était acide. À cette seconde précise ma vie a changé pour toujours, j'ai fui le plus loin possible.

Pierre m'a effleuré l'épaule. « Il faut que l'après soit l'avant d'autre chose. » Sa main s'est attardée, légère, hésitante. Nous sommes rentrés.

19 avril

À mon retour, rien.

Ni au sujet des bourses, ni sur le recrutement de Baptistine. Je reprends le train demain pour Yaoundé. Je vais plaider ma cause.

21 avril

Je reviens de Yaoundé. Jean m'a accompagnée à la direction de l'Enseignement. Il s'est recommandé du docteur Aujoulat, dont l'aura politique ouvre bien des portes.

La liste des bourses est régularisée. Baptistine est officiellement recrutée, et payée. Un petit crédit pour terminer la seconde case avant l'été. Dans ma valise, la nouvelle caisse d'avances pour l'approvisionnement en vivres frais.

Sur mes genoux une petite chienne noire, glissée par Augustin Trouvère dans ma veste, qu'elle a immédiatement trempée d'urine.

— Elle s'appelle Paulette. Elle ressemble à ma tante !

Augustin est parti en courant, hilare.

Les filles sont ravies. Elles ont adopté Paulette. Nous avons une mascotte.

29 avril

Élèves de retour de Brazzaville ce matin. Un télégramme du directeur de l'Enseignement à Yaoundé les a précédées.

— *Résultats sportifs excellents. Félicitations au collège de New-Bell* —

Championnes d'Afrique française ! Alors qu'elles concouraient contre des garçons pour plusieurs épreuves d'athlétisme, tant les équipes de filles sont rares !

Elles ont surgi hors du car, médailles d'or et d'argent autour du cou, surexcitées par leurs succès. Mme Frézières tenait ses bras levés en signe de victoire. On lui a fait une ovation. Les filles sautaient de joie.

Mes gazelles. Mes Antilopes de New-Bell.

C'est si gracieux, une antilope. Les antilopes sont des proies fragiles. Elles n'ont pour défense que la ruse, pour protection que le nombre. « Antilopes de New-Bell », ça sonne bien.

1ᵉʳ mai

Avec les sixièmes, nous avons écrit *La Marche des Antilopes*. M. Prieuré a composé une mélodie à quatre voix.

Nous sommes les élèves
De New-Bell Douala
Que la foi nous soutienne
Nous ne faillirons pas
Et si par malheur nous perdons
Nous recommencerons
C'est la marche des Antilopes
Qui vont tout droit vers leurs destin
Elles sautent, lancent et galopent
Avec beaucoup d'entrain ! (et hop)

Bien entendu, aucun objectif littéraire.

Pour l'emblème, Isabelle Sorgan doit me trouver une esquisse. Un trait léger, des courbes pour les cornes, les yeux, la gueule. Nous la ferons broder par les élèves sur les chemisiers et la fixerons au fronton du collège, l'antre des Antilopes de New-Bell.

13 mai

L'affaire Diamart et ses suites m'ont affligée. Je ne sors plus du tout. Ce que l'on appelle *sortir* dans le vocabulaire colonial : s'amuser, danser, boire, faire des rencontres. Sortir ne désigne plus que mon passage de l'autre côté des barrières du collège, sur l'avenue Jamot. Avec Fanny, Monique, Pierre, Dominique ou Baptistine. Erica quelquefois.

J'accepte les repas chez mes proches, c'est tout. Ce sont presque des réunions de famille, la contrainte en moins. Je m'y sens chez moi. *Splendide !* s'exclamerait tante Joss. *Charlotte, quelle droiture, quel courage !*

Mes amitiés sont des bunkers. Je me terre derrière leur forteresse. Ce serait différent, peut-être, si j'étais moins exigeante. Tellement différent si j'étais l'épouse d'un haut fonctionnaire, d'un directeur de banque. Non pas une femme mais la femme de… Une bête qui tire sa sève d'une autre, pendue à la mamelle de son statut.

Je ne sors plus et maintenant on ne m'invite plus. Je disparais peu à peu du monde qui compte. J'élève une centaine de filles noires, sur un tout petit point de la carte d'Afrique où le cœur de la France bat moins fort qu'ailleurs. Le Cameroun n'est pas l'Algérie. Il n'est pas le Maroc ni l'Indochine. Même pas le Sénégal. Il est un bout de terre confisqué à l'Allemagne, un butin de guerre provisoire. Le Cameroun n'est qu'un mandat. Un enfant sous tutelle tardive. Un pensum.

Ma place est juste. Pourquoi cette certitude ne me suffit-elle pas ?

14 mai

« L'addax est un des mammifères les plus rares de la planète.

Il peut survivre en zone d'aridité extrême. Il résiste à la soif, par où d'autres périssent. Le désert ne l'effraie pas. Il est familier des milieux hostiles.

L'addax a cette particularité au sein de l'espèce

170

que les femelles portent des cornes aussi longues que celles des mâles. »

D'après l'encyclopédie *Faune et flore d'Afrique*, le nom commun de l'addax est *antilope blanche*.

24 mai

J'ai convoqué la petite Dupotier. Il faut en finir avec cet isolement. Suzanne n'assiste à aucun culte. Elle passe ses dimanches seule ici, elle ne participe pas aux fêtes religieuses. Sa mère est musulmane mais ne pratique pas. Son père est blanc.

Je lui ai montré la cour. Suzanne bis, métisse elle aussi, jouait au volley-ball. Suzanne a regardé le terrain de sport. Le ballon passait par-dessus le filet, d'une impulsion silencieuse à l'autre. Chaque fois, la pression juste imprimée sur le cuir. Ballon dévié, écrasé dans le filet mou.

— Son père l'a laissée, comme toi. Elle est catholique.

— Si vous voulez je serai catholique.

Elle ne comprenait pas.

— Être seule, ce n'est pas bon ! Tu vois, les Antilopes, toujours ensemble. Fortes, parce qu'elles sont ensemble.

26 mai

Suzanne a choisi les catholiques. Peut-être un baptême à Noël prochain.

Les truies recommencent leurs invasions. Le sol est gorgé d'eau, des mottes de terre se sont décollées. L'herbe est trouée d'une lèpre noire, c'est affreux. Faudra-t-il nous-mêmes payer un enclos pour ces cochons ?

1ᵉʳ juin

Les troisièmes ont rendu leurs monographies de la femme africaine. Je lis la vie des mères, je mesure le chemin parcouru par mes élèves. Les transgressions dont elles ont été capables.

Au village, la superstition dicte chaque geste. En pays bamiléké, un rite de la fécondité est opéré par un sorcier, qui demande à la jeune mariée de manger un peu de terre jouxtant le crâne d'un ancêtre. Selon Julienne, la future mère doit croquer les petits vers des bambous, elle ne doit pas regarder une cruche sous peine d'accoucher d'un enfant aux yeux clos, elle ne doit pas se tresser les cheveux. Marie-Claire écrit que manger la peau des animaux est proscrit pendant la grossesse, tout comme la viande du pangolin, à l'origine de malformations. Les femmes enceintes doivent éviter de se tenir devant une porte, de peur que leur enfant n'en fasse autant à la naissance. Dès que les filles sont nées, on perce leurs oreilles et on leur rase la tête pour leur promettre un bel avenir. On attache une clé autour de leur cou pour retarder l'apparition des dents et le sevrage. Pour les faire marcher plus vite, on place les petites filles sur des chemins déserts, on saute par-dessus leur tête, on s'en va sans se retourner. Mais, prétendant s'adresser à « Jacqueline, ma chère amie lointaine de France », Marie-Claire ajoute : « Tu imagines la tête de ma mère lorsque j'ai fait mes premiers pas... Les mamans sont partout les mêmes. » Cela me rassure.

Le quotidien des femmes est entièrement régi par la coutume. Je leur parle de dot. Ce n'est rien. Une aspérité de surface. Il y a ces pages, l'emploi du temps des femmes, la succession des jours, des mois, la vie entière comme une journée de travail au service d'un homme, des enfants, des parents. Les femmes sont tellement familières du sacrifice qu'elles ne le voient plus. Premières levées, dernières couchées. Leur gaieté insupportable. Certaines filles bamiléké, dans la région de Dschang, sont fiancées dès l'âge de cinq ans. Elles travaillent à douze et soignent déjà l'homme qu'on leur destine à coups de petits plats cuisinés. Toute l'existence, depuis l'enfance, organisée dans la perspective du mariage. Dans le veuvage, servitude encore. Surtout en brousse. Propriété des pères, puis des maris, les femmes appartiennent ensuite à leurs héritiers, qui disposent en même temps de leurs biens et de leurs enfants. La veuve n'a plus rien. Elle porte des haillons. On l'a rasée comme un nourrisson et enduite de cendre. Les premiers jours elle ne peut sortir que la nuit pour faire ses besoins. Elle ne peut se nourrir qu'après le coucher du soleil. La veuve attend le sort que lui réserve sa belle-famille.

Mieux vaut pour elle être une vieille femme, on ne laisse pas une vieille femme mourir seule.

Je pense aux fermières qui ont traversé mon enfance, à l'œuvre du matin au soir, épouses et mères et travailleuses sans relâche. Elles étaient vieilles depuis si longtemps. Elles avaient beau en rire, à quarante ans leur peau devenait flasque et elles perdaient leurs dents. C'était effrayant. Pourtant, c'est ici que je suis en colère.

Les filles raillent parfois les croyances de leurs mères. Malgré mes convictions, je ne peux pas m'en réjouir. Respecter sa mère, c'est respecter son peuple. Rire de sa mère, jusqu'où cela mène-t-il ?

17 juin

Je suis allée voter. Deuxième élection législative de ma courte histoire.

Il paraît que New-Bell a choisi l'Union des populations du Cameroun. Quelle ironie ! Sarah Épangué était donc chez elle à New-Bell. Notre école est un îlot de chouans en pays révolutionnaire.

L'indépendance, bien sûr, c'est le mot d'ordre. « Trop pressés et trop rouges », les deux défauts majeurs de l'UPC, selon Jean Trouvère. Peut-on les leur reprocher ?

20 juin

BEPC terminé. Il n'y a plus qu'à attendre.

22 juin

Aujourd'hui, fête des marraines et filleules. Spectacle, repas, exposition et kermesse au foyer protestant. Les filles tenaient à une projection de film au Paradis. Tout ce que j'ai pu trouver, c'est un documentaire sur l'enterrement de George V, à Londres. Petit cours d'histoire pour situer l'événement, en plein épanouissement de l'Allemagne hitlérienne. Ensuite, la longue queue sur les bords de la Tamise, pour aller rendre hommage à la dépouille mortelle. Le corps, exposé à Westminster Hall. Le catafalque gardé par quatre officiers de la Maison royale, en grand costume avec bonnet à poils, immobiles comme des bêtes empaillées. L'image tremblait, le son était mauvais. Je connais des fêtes plus gaies. Les filles étaient ravies.

À seize heures, retour au foyer. Les troisièmes, toutes proches du départ, étaient debout sur une estrade, coiffées de foulards multicolores, vêtues de longues robes. Élizabeth m'a tendu un bouquet d'orchidées : « Pour vous, marraine, qui avez été, malgré n… malgré *vous* peut-être, pour vos filles une mère. » M. Prieuré a donné le *la*.

Nous l'avons bâtie
La chère maison
Et toute notre vie
Nous la protégerons

Je serrais les tiges.

Sur le flot qui roule
Qui roule ici-bas
Si la maison s'écroule
Nous ne faillirons pas

Les tiges écrasées collaient à mes paumes.

La maison des Antilopes était devant moi, tissée de robes jaunes, blanches, rouges. Une maison jamais vide, aux murs extensibles jusqu'à Marseille, Clermont-Ferrand, Angers, Strasbourg, Paris. Le cœur de la maison bat ici, à Douala, dans New-Bell, entre la prison et le camp Bertaut, derrière les barrières ajourées d'un petit collège. Il bat dans ma poitrine.

27 juin

Je pars pour au moins deux mois. Maman est trop malade.

Année 1951-52

Troisième « saison sèche » à Douala. Douala qui ne connaît pas la sécheresse. Moiteur permanente retrouvée après le bel été à Séez. Maman est bien vivante.

Ma troisième année scolaire, ma deuxième rentrée. Deux classes de plus qu'en 1949. Le collège devient étroit. C'est une bonne nouvelle. Nous avons récupéré deux salles de l'école primaire. J'espère, à terme, pouvoir utiliser l'ensemble de ses bâtiments. Mon ambition a besoin d'espace.

Nous manquons de professeurs. J'avais prévenu Yaoundé au mois de mai dernier mais tout est lent, tout est complexe ici. En cinq mois, personne n'a trouvé de solution. Si je ne déniche pas moi-même les nouvelles recrues, je peux attendre longtemps. Ma chance, c'est que les femmes européennes ont du mal à trouver du travail à Douala. Peu s'en plaignent mais, pour certaines, c'est primordial. Il y a bien des places de sténos, de secrétaires ou d'infirmières... mais à niveau égal, les indigènes sont moins chers et moins exigeants. Pour enseigner en collège, il suffit d'une licence. Je finirai bien par trouver. En attendant, chacun met la main à la pâte. Pour compléter, je paie à l'heure des professeurs d'autres établissements. La « caisse Fronteny » m'évite les crises de désespoir.

La réputation du collège est excellente. La direction de Yaoundé nous a félicités par télégramme suite aux résultats du BEPC. Plus d'élèves, un seul échec. Dix nouvelles étudiantes camerounaises en métropole : trois en écoles de sages-femmes, une en comptabilité, une en secrétariat, une en école d'infirmières, deux assistantes sociales, deux en école de puériculture. On parle maintenant des « filles de Mlle Marthe ». J'ai retenu un sourire quand à la sortie du collège, dimanche dernier, un « évolué » très élégant a balbutié sur notre passage : « Ah, les Antilopes de New-Bell ! Grande intelligence et fesses magnanimes ! » Les garçons du lycée Joss et de Libermann les convoitent ouvertement. Les parents les y encouragent. Plusieurs élèves ont reçu des demandes en mariage, que je m'efforce d'écarter comme je peux. Mes filles sont tellement romantiques !

Pour l'année prochaine, j'ai le projet de créer une section ménagère à partir de la quatrième. Le constat est le suivant : sans BEPC, pas d'études supérieures possibles. Les élèves qui n'ont pas le niveau requis sortent de l'école sans qualification.

Elles ne savent rien faire. Il existe bien des écoles dites « ménagères », mais elles se limitent à l'enseignement des arts de la maison. Trop restrictif.

On pourrait repérer les élèves dès la quatrième. On les dirigerait vers une section ménagère généraliste, qui leur permettrait d'enseigner dans les écoles primaires à la sortie du collège. La lettre pathétique d'Odile Hebhang, reçue à Séez cet été, me conforte dans ce projet alternatif.

Je regrette mon sort, je ne cesse de pleurer, mon échec au BEPC va me conduire à la folie ou au suicide. J'avais l'intention de me rendre en France pour apprendre la sténotypie, voilà que le brevet me déçoit sans pitié. Que vais-je faire ? J'emporte partout où je vais ce triste sort auquel je suis liée ; celui de ne pas être intelligente.

À cette malédiction s'ajoute une autre tristesse : le dépit de mon père. Mon père n'est pas l'ami des faibles. À présent, je ne suis ni parmi les vivants ni parmi les morts. Je suis une épave au milieu de la mer. Retirez-moi, madame, ne me laissez pas me noyer.

Et puis il y a ce M. Joseph-Abel Zok, effondré d'apprendre que sa fille ne pourrait obtenir de bourse scolaire au vu de ses résultats, et qui n'a pas les moyens de payer de sa poche. Si la petite s'était orientée en section ménagère, elle pourrait dès l'année prochaine subvenir à ses besoins. Au lieu de cela, je lis : « Que ferai-je pour nourrir les vingt-huit enfants que j'ai ici : 1950 quatre enfants nés, 1951 déjà un garçon le 05-12-51, deux grossesses encore. » On a besoin de femmes techniciennes, capables de transmettre des choses simples. Comment stériliser un récipient, désinfecter un vêtement. Comment se nourrir de façon équilibrée — les carences sont préoccupantes depuis l'importation de produits préparés et de conserves. Il faut des femmes fortes, faisant preuve d'une véritable indépendance matérielle.

15 novembre

Elle arrive à neuf heures du soir, comme convenu. Elle frappe trois coups au portail. Je fais un signe à Baptistine qui tient la lampe-tempête au milieu de la cour. Elle remonte au dortoir. La lumière disparaît. Il fait noir.

J'ouvre le portail. La silhouette glisse à l'intérieur du collège. Je la remercie d'être venue.

J'ai finalement décidé de la contacter. J'y pensais depuis des mois. C'est risqué, mais formidable pour mes filles. Je suis allée voir Augustine M'bembe, institutrice à l'école primaire. Je me rappelle qu'elles semblaient amies. Elle m'a confirmé qu'elle continuait de la voir. Je lui ai demandé si elle pouvait lui transmettre un message. Elle a hésité, comme tous les Noirs lorsque je les vouvoie. Lorsque je leur demande un service. Elle a accepté.

La voilà, maintenant, Sarah Épangué. Nous avançons lentement, silencieuses. Je pousse la porte de ma case. Les volets sont fermés, nous sommes invisibles. Je lui demande de parler très doucement. Je m'assieds. Elle s'assied. J'allume une lampe. Enveloppée d'une ample tunique verte, elle me regarde, parfaitement immobile sous son masque d'ébène. Les bras posés sur les accoudoirs, elle attend. Je lui explique pour quoi je l'ai fait venir.

— J'essaie de dialoguer avec mes élèves les plus âgées sur leur rôle de femmes. Parler de la dot, de la polygamie, des enfants…

Économe de paroles, Sarah Épangué abaisse et ouvre ses paupières. Je lui dis que je connais son implication dans l'Union des femmes du Cameroun. Sans doute est-il préférable qu'une Africaine, mariée et mère de famille, leur parle plutôt que moi. De leur valeur, de leurs droits…

Sarah Épangué esquisse un début de sourire. Elle n'a pas bougé.

— C'est intéressant, mademoiselle Marthe. Vous me demandez d'œuvrer pour l'assimilation de mes sœurs.

— Je vous demande de leur parler à votre façon. Notre combat est le même.

Sarah tire sur sa tunique, ajuste un pli du bout de l'ongle.

— Pas tout à fait, mademoiselle Marthe.

Elle dit que je lutte au nom des droits de l'homme, des « Lumières », elle appuie sur le mot « Lumières ». Elle prétend lutter contre toutes les « aliénations ». Celle des salariés aux patrons. Celle des femmes aux hommes. Celle des femmes à d'autres femmes. Elle lutte contre l'aliénation des « indigènes » aux puissances impériales. Contre l'idée même de l'indigène, qui est « ennemie de l'homme ». Je suis perplexe.

— Il ne s'agit pas de politique, Sarah.

— Vous voyez ? Est-ce que je vous appelle « Charlotte » ?

Je rougis. Je m'excuse, ma langue a fourché.

La voix de Sarah Épangué est douce au-dehors, dure en dedans.

— Beaucoup de langues et de poings fourchent au Cameroun. Des langues, des poings de *Blancs*, mademoiselle Marthe.

Elle dit que j'hérite malgré moi d'une vision du monde forgée par mes pères. Elle fixe le fond de mes pupilles :

— Vous disiez qu'il ne s'agit pas de politique ? C'est toute la différence entre vous et moi. Vous menez un combat moral contre la dot et autres coutumes « dégradantes ». Je mène un combat politique contre l'exploitation sous toutes ses formes.

Sarah concède que j'ai « un certain courage ». Mais elle dit qu'il est limité par la cour, les barrières, qu'il est enfermé ici, dans un enclos minuscule. Et l'Afrique est vaste.

J'ai mal. Dans ce tout petit collège, la tâche est immense. Les discours à l'échelle de l'Afrique, j'en entends tous les jours. Il faut bien commencer quelque part. Moi, je travaille ici et rien ne m'y oblige. Je n'ai pas honte de ce que je fais.

Les yeux de Sarah Épangué ne me quittent pas. La sueur coule à mes tempes. Je n'ose pas chercher un mouchoir. Les pales du fan brassent en vain l'air moite. Leur bruit mou nous tient lieu de silence.

— Vous êtes sincère. J'accepte de vous aider, en dépit de tout ce qui nous oppose. Ça ne révolutionnera pas le monde, et j'ai d'autres priorités que le mariage et la dot. Mais je crois, comme vous, que l'avenir du Cameroun est entre les mains des femmes.

Sarah Épangué viendra deux fois par mois, jusqu'au printemps. Pas plus ; elle craint de « faire de la politique ». J'essaie de ne pas penser aux rumeurs qui prétendent que l'UPC, où elle milite, est à la botte des communistes. La peur n'éloigne pas le danger.

24 novembre

Belle rencontre.

Au départ, les élèves semblaient réticentes. Je les ai rassurées. Elles m'ont promis le secret. Combien de temps tient un secret partagé par tant de complices ?

Sarah s'est assise. Elle dit qu'elle a quitté l'école primaire parce qu'on lui a fait du tort injustement. Elle voulait qu'on la respecte.

— Nous avons tous droit au respect. Même les tortues, même les bœufs.

Elle a croisé ses mains sur son ventre. Je crois qu'elle est enceinte.

— Savez-vous pourquoi ce sont les femmes qui travaillent aux champs quand les hommes se reposent ? Laissez-moi vous le rappeler : les femmes sont fertiles. La terre doit être fertile. Maintenant, écoutez-moi : une femme stérile, qui ne peut pas avoir d'enfant, croyez-vous qu'elle doit aller aux champs ? Est-ce qu'au village on n'envoie pas toutes les femmes travailler la terre, et même les vieilles qui ne peuvent plus concevoir ?

— Oui !

— Qu'est-ce que cela veut dire ?

— C'est la coutume.

— D'où vient la coutume ?

— Des ancêtres.

— Qui sont les ancêtres ?

Silence.

— Ce sont des hommes, mesdemoiselles.

Je me retire au fond de la pièce. Sarah Épangué parle de son père, qui n'a jamais voulu faire doter ses filles. Elle dit que la dot était autrefois une rencontre entre familles, un échange verbal et rituel qui permettait aux jeunes mariés d'entrer dans une vie nouvelle, et aux parents de sceller leur amitié. Elle dit que l'argent venu d'Europe a transformé la dot en marchandage, parle d'une désastreuse rencontre entre le monde blanc et l'Afrique, et je fronce les sourcils. Elle s'interrompt. Elle parle d'une fiancée écartée des palabres. La famille du prétendant, obsédée par la négociation commerciale, est incapable de la distinguer parmi l'assemblée des femmes au-dehors ; elle pourrait être une chèvre ou une truie, mais elle n'est même pas cela, car un bon éleveur sait reconnaître ses bêtes. Les élèves rient. Elle dit que les filles doivent obéissance à leurs parents, mais que personne ne peut contraindre leur pensée.

Il fait très doux, ce soir.

On vient de publier un sondage Gallup sur l'Union française vue par la métropole. Quatre-vingts pour cent des Français se disent attachés à l'Empire. Dix-neuf pour cent sont incapables de citer un seul territoire d'outre-mer. À peine plus de trois pour cent ont cité le Cameroun.

Avant Douala, je ne savais pas grand-chose de l'Afrique. Je me souviens de l'exposition coloniale, et d'une affiche de 1938 dont le slogan clamait : « *Fruit colonial français, la banane est le fruit le plus hygiénique et le plus sain.* » Et puis : « *Consommée au réveil, la banane bien mûre est par excellence fruit de santé.* » À droite, sur fond noir, une illustration : un coq tonitruant, le corps constitué d'un régime de bananes, la queue en feuilles de bananier, les pattes rivées à un globe terrestre centré sur la France. Le globe terrestre était coupé au ras de l'Espagne. Une affiche hors sujet. Ou plutôt, un sujet hors l'affiche, dont l'existence n'est possible qu'en creux. Je ne vis pas à l'écart. Je vis dans un trou de mémoire.

Je suis jusqu'au cou dans les difficultés de personnel, les problèmes récurrents d'argent. Faire accepter mes projets demande une énergie formidable, mais j'avance. Et plus j'avance, plus je suis en marge.

Jacques Fronteny n'avait pas tout à fait tort dans ses pronostics : récemment, l'optimisme des débuts s'est terni. La fin de la dernière année scolaire a été pénible. Le vide peu à peu autour de moi. Premiers signes de franche déception. Et au milieu de cette solitude, une seule main tendue, attrapée du bout des doigts : Jacques Fronteny lui-même. Son seul vrai tort, c'est son cynisme. Je crois au progrès. Je refuse le désenchantement. Je ne lâcherai pas.

3 décembre

Pierre est venu dîner. Je reçois peu, Prosper a la vie douce. Il faisait bon. J'aime le mois de décembre à Douala. Le ciel est dégagé certains jours, et on assiste parfois, comme ce soir, à des couchers de soleil sur le Wouri. Brumeux, pastel comme des aquarelles, avec soleil mouillé et nuages mauves au-dessus du fleuve. On voit passer des pirogues à contre-jour. De moins en moins. La carte postale s'altère. Les moteurs des chaloupes remplacent le bruit des rames. La ferraille du pont en construction rouille déjà dans l'eau. On prévoit des lampadaires. Ils troueront la nuit de boules jaunes. Le soleil y accrochera ses derniers rayons.

Dîner sur la terrasse. Une lampe-tempête, une bougie. Une bulle claire dans l'obscurité, suffisante pour se deviner. Les filles pourraient nous voir depuis les fenêtres du dortoir. J'ai mis un disque de jazz très doux. Nous avons bu du vin, ce que je ne fais jamais. Nous avons mangé des crevettes avec les doigts, des coquillages. Je ne me souviens pas de la conversation. Il n'y a qu'avec ceux qui comptent que j'aime parler de choses sans importance.

186

Nous nous sommes promenés dans la cour, sous les arbres et sous la lune. Pierre me demande de faire attention. Pour Sarah.

— On a besoin de vous ici. J'ai besoin de vous, ça ne vous est tout de même pas égal ?

Il est rentré chez lui.

4 décembre

C'était sur l'air de *Colchiques dans les prés.*

Mazarin et Anne d'Autriche
Emportés par l'amour,
Sous les arbres du collège
S'en vont en s'embrassant.

Baptistine, gênée, m'a rapporté ces paroles fredonnées depuis ce matin par les filles de quatrième. Leurs fenêtres ont vue sur ma case. Je lui ai fait remarquer que cela ne rimait pas.

12 février 1952

Sortie au port, ce dimanche, après la messe. La plupart des élèves n'y ont jamais mis les pieds. Elles n'en connaissent que les fumées, les bruits de machines, les grues dressées à l'horizon, la vue panoramique depuis la chaloupe qui nous a conduits, un jour, à Manoka.

Impossible de parcourir les mille huit cents mètres de quais. Mais elles ont vu l'ensemble des opérations nécessaires à l'acheminement d'une marchandise, depuis l'embouchure du fleuve jusqu'aux premiers kilomètres dans les terres : déchargement par grues automobiles, élévateurs à fourchettes, straddle-trucks, embarquement dans les wagons, transport par chemin de fer. Sur le quai s'entassent des palettes de tabac, des sacs de ciment, des caisses de vin et de sucre, d'énormes cylindres bleus de pétrole. On descend dans les cales des sacs de cacao, de café, de minerais pour l'Europe. De l'autre côté du fleuve, le port bananier. Les tonnes de fruits forment des monticules verts visibles depuis Douala. Ils mûriront pendant la traversée. Au nord, derrière les quais, le plateau de Bassa. Ateliers et logements ouvriers viennent d'y être construits : c'est la nouvelle « cité Chardy ». Elle s'est substituée aux villages de cultivateurs. Ils ont tout perdu et grossissent les masses de « déguerpis » chassés par l'industrie. Leur errance est visible jusqu'à New-Bell, dont les faubourgs deviennent étroits et surpeuplés. L'aéroport est encerclé de nouveaux quartiers indigènes aux noms ewondo : « Nkol olum » (la montagne de la colère), « Ndzon me bi » (le chemin des déchets). Et juste derrière le collège, « Kassava fa'm », la ferme du manioc, en pidgin, dont le nom renvoie à des temps révolus.

Le muscle du port, c'est la force des Noirs. Leur effort, leur sueur, leurs corps en mouvement, soulevant, posant, passant, fluide essentiel au mécanisme de la grande machine. Mes propos font sourire les filles. Ceux qui travaillent sous leurs yeux ont souvent leur âge. Si leur sort privilégié ne les rendait pas un peu hautaines vis-à-vis des ouvriers, je crois qu'elles rêveraient de leur « faire des tendresses ». Çà et là, quelques *sand sand boys*, jeunes garçons désœuvrés, aux intentions floues. Magnifiques, rusés.

Pas d'incident.

25 février

Jean Trouvère est de passage à Douala. Dîner chez moi avec Pierre et lui, hier soir. Nous nous installons au salon. Une heure après son arrivée, j'entends des cris au-dehors. Les filles sont groupées devant les barrières, sur l'herbe mouillée. Elles scrutent une silhouette haute et mince, perchée sur un cheval, des plumes blanches piquées au chapeau. Le cheval a passé la tête par-dessus la barrière, il secoue son mors. L'homme est immobile, les mains sur les rênes. Une pipe fume entre ses lèvres. Le duc de La Rosière est descendu des hauts plateaux de l'Adamaoua. Il a conduit ses bêtes aux abattoirs. Il s'invite. Nous trouvons pour le cheval une place devant ma case. Prosper tente tant bien que mal de le détourner de mes plantes. Yves était comme ça. Sans mesure, prêt à tout pour faire rire et surprendre. J'aimais sa folie.

Jean est vraiment entré en politique. Il consacre la plupart de son temps au Bloc démocratique, à la formation de ses cadres, et au combat contre les commerçants étrangers, syriens, libanais, qui pillent les petits producteurs de cacao. Ses coopérateurs français l'ont sommé de choisir : « Les nègres ou la communauté. » Il a répondu les nègres. Une vie communautaire mixte est impossible dans le Cameroun actuel, alors il faut changer le Cameroun. Former, rendre autonome puis indépendant. N'avoir en tête que cet objectif.

De toutes les coopératives de la communauté, Jean n'a conservé, pour vivre, que la COTRACO.

Je demande à Jean ce qu'il pense de l'UPC.

— L'indépendance immédiate, je vais vous dire, c'est une énorme bêtise. Rien n'est prêt. Il n'y a que les démagogues et les désespérés pour prétendre le contraire.

J'admire Jean. Sa force. La politique, je ne suis pas faite pour ça. Il éclate de rire :

— Mais, Charlotte, tout est politique ! Croyez-vous que ce que vous faites est neutre ? Savez-vous que beaucoup de gens vous détestent, qu'ils vous trouvent scandaleusement libérale ou conservatrice ?

Le duc de La Rosière s'ennuie. Pierre ne dit rien, mais je sais ce qu'il pense, lui aussi : la neutralité, ça n'existe pas. La neutralité, c'est un parti pris.

3 avril

Mauvaise journée. Les filles avaient amené leurs monographies. Sarah lisait et posait des questions, tout bas comme à l'accoutumée. La chienne Paulette ronflait par-dessus les chuchotements, cela faisait un bruit de complot qui ajoutait au débat un peu d'excitation.

J'ai vu la poignée s'abaisser lentement. La porte

190

s'est ouverte. Les filles babillaient et ne s'aperce-vaient de rien. La main qui poussait la porte est apparue dans l'embrasure. Ensuite un long bras blanc. Paulette a secoué ses poils, redressé la tête. Sarah, comme moi, faisait face à l'entrée. Elle a froncé les sourcils, articulé une dernière syllabe, regardé la nuit s'engouffrer dans la pièce. La porte a grincé. Les filles ont tourné la tête. Le visage de Mme Dupuy s'est montré dans la lumière. Elle fixait Sarah sans ciller. Sarah non plus ne cillait pas. Il n'y eut pas un mot entre elles, entre nous. Mme Dupuy se tenait appuyée au chambranle, Sarah serrait ses accoudoirs.

Je pensais : « C'est la dernière fois que je la vois. » Je m'attendais à ce qu'elle se lève, ajuste les plis de sa robe, nous adresse un adieu sobre et court et sorte calmement, comme elle était entrée, pour dis-paraître à nouveau de ma vie. Mais elle ne bougeait pas. Mme Dupuy battit des cils, je sus qu'elle parti-rait la première. La porte se referma. On entendit le bruit des pas sur les marches. Puis le silence. Alors Sarah se leva, ajusta sa robe, nous dit adieu et sortit. Ce fut le tour des filles.

Je suis seule.

4 avril

L'inspecteur est furieux, d'autant que je n'ai rien fait d'illégal.

Silence des professeurs.

Il faut bien que quelqu'un m'ait trahie. J'essaie de l'oublier.

5 juin

Nouveau don de Fronteny, lors de la kermesse du collège. C'est vraiment embarrassant. Monique est persuadée qu'il s'achète une bonne conscience. Fanny a des convictions romanesques :

— Enfin, Charlotte, il n'est pas fou, le bonhomme ! Ou bien Monique a raison, il s'achète une bonne conscience, et comme il a beaucoup de reproches à se faire il paie très cher. Ou bien il est amoureux. Une passion pour son ennemie, quelle aventure !

J'ai remercié ce monsieur, comme il se doit.
Pas de réponse, c'était prévisible.

22 juin

J'ai passé mon permis de conduire la semaine dernière. J'ai acheté une 2 CV avec Pierre. Elle n'est pas neuve mais elle roule.

Ce matin, Mme Lainé était souffrante et je suis moi-même allée au marché. Près de la cathédrale, j'ai croisé Jacques Fronteny. Profitant d'un ralentissement, il s'est penché à la vitre. Sa langue a claqué.

— Félicitations, mademoiselle Marthe. Vous allez former des femmes de ménage, il paraît ?

— Qu'est-ce que vous racontez ?

Jacques Fronteny a tiré sur sa cigarette, balancé le mégot dans la poussière.

— C'est bien une section ménagère que vous créez à New-Bell ?

— J'attends les autorisations.

— Accepté.

— Arrêtez vos mystères, c'est agaçant.

— J'ai dit : accepté. Ce matin même, par l'inspecteur.

Les voitures contournaient la mienne, je bloquais la route.

— Je ne comprends pas vos allusions, je suis pressée, monsieur Fronteny.

— Accepté grâce à moi. Le dossier était sous une pile, vous vous en doutez. L'inspecteur est un ami. Vous allez recevoir une lettre.

Il colla sa bouche au rebord de la vitre ; je crispai mes mains sur le volant.

— 1940, rappelez-vous…

Je coupai le moteur. Il faisait chaud.

— Un petit collège à Chambéry, une classe d'histoire. Je ne me souviens plus des prénoms, je sais juste qu'il y avait un Matthieu Tristan. J'ai retenu Matthieu Tristan, parce qu'il écrivait penché, serré serré, pour ne pas perdre un millimètre de papier, vous vous rappelez ?

L'haleine de Jacques Fronteny sentait le tabac froid. Il parlait, je regardais sa bouche, sa langue entre ses dents. L'odeur du tabac blond m'écœurait. Matthieu Tristan, classe de sixième A. Comme tant d'autres classes, nous avions « adopté » un prisonnier français qui allait passer quatre années en

193

Allemagne. Il s'appelait... François. Non, Émile. Émile Priat-Fréchet.

— Dans l'enveloppe il y avait des fleurs séchées, vous m'écriviez chaque fois quelques phrases. Fronteny, c'est mon nom de Résistance.

La sueur coulait dans mon corsage. Mes cheveux collaient à mes tempes. Jacques Fronteny respirait à dix centimètres de moi. Il exhalait son arrogance, sa gratitude ambiguë et une puissante odeur d'homme. Le front luisant, les cheveux en bataille, il attendait. Il y avait comme une faim dans mon corps, qui montait. Une faim avec des mains, des doigts, qui courait le long de mes cuisses, de mon dos. Qui perçait entre mes jambes et je pensais : *je suis une femelle.*

— Parfois je recevais un poème, un dessin plié en quatre.

Il regardait ma bouche. Il posa ses doigts sur la vitre, tout près. Je voyais ses creux, le cou, l'aisselle sous la chemise, l'aile du nez légèrement brillante et l'espace lisse, juste derrière l'oreille. Une mèche de cheveux noirs tombait sur sa peau moite, la barrait comme une entaille. J'avais conscience de mes seins, lourds et vierges et inutiles sous ma robe. Il regardait mes seins, mes seins pointèrent sous le tissu. Il faisait chaud.

— J'ouvrais les enveloppes en cachette, le soir, sous la couverture. La seule chose qui était à moi dans ce foutoir, c'était vous.

J'étais un gouffre. J'étais en manque. Un manque impossible à nommer. J'éprouvai une répugnance qui était aussi un désir. Jacques Fronteny décolla son front de la portière. Une auréole graisseuse marquait la vitre. Il s'éloigna, me laissa à ma robe informe, ses grosses fleurs beiges. À ma faim honteuse. Je fermai les yeux. J'avais envie de pleurer.

Année 1952-53

5 octobre

Je reçois les journaux français avec retard. Je les lis peu, de toute façon. Plongée dans l'organisation de ma section ménagère — dix élèves pour la première rentrée —, je me sens d'une planète étrangère. *Le Parisien, Le Figaro, L'Aurore, Le Monde* ne parlent que de cela : la Communauté européenne de défense et le réarmement de l'Allemagne. Pas un homme politique dont les propos ne soient immédiatement rapportés à la question. Tout cela me dépasse. Ici, ce qui nous intéresse, c'est le voyage à l'ONU d'Um Nyobé, leader de l'UPC, pour y revendiquer l'indépendance immédiate et la réunion des deux Camerouns. Le procès de la colonisation française aux États-Unis est une humiliation. Peut-être une rare chance pour le Cameroun d'occuper les colonnes de la presse métropolitaine.

Ma vie à moi : encore et toujours la recherche de professeurs. Je désespère d'en trouver pour l'année qui vient. Onze élèves de plus que l'année dernière. Nous avons récupéré une nouvelle salle de l'école primaire. Mme Dupuy, murée dans sa colère du printemps, dépense son énergie à trouver de nouveaux locaux. Bientôt, nous aurons un vrai collège.

Deuxième souci : l'année prochaine, diminution drastique des bourses d'études pour la France. Et moi qui pousse toutes les filles qui le peuvent à passer leur BEPC... Que vont-elles faire de leur diplôme ? Je ne peux pas toutes les transformer en institutrices adjointes ! Elles ont un niveau trop élevé pour les petites formations locales d'infirmière, d'aide sociale ou familiale, qui recrutent à partir du certificat d'aptitude professionnelle. Et puis il faut des cadres sociaux solides au Cameroun, avec un diplôme d'État. Non, ne pas abandonner les filières de métropole tant que l'enseignement territorial ne peut s'y substituer.

Désormais, pour aller en France, il faudra passer des concours. Nous devons créer une seconde préparatoire aux écoles normales d'institutrices, de sages-femmes, d'infirmières et d'assistantes sociales de métropole. Une classe unique en son genre.

12 octobre

Si ça continue, ce n'est pas une classe préparatoire que je vais créer, c'est un lycée de filles. Je reviens de Yaoundé. Ma colère ne passe pas. Parmi les misogynes, le Blanc est pire que le Noir. Il hiérarchise les sexes puis, dans chaque catégorie, les couleurs. Même les chiens ne font pas ça. L'homme surpasse en bêtise toute la création.

J'avais rendez-vous à la direction de l'Enseignement, pour mendier, comme toujours. J'étais en retard, un troupeau de zébus avait bloqué le train. J'ai grimpé les marches à toute vitesse. J'anticipais avec délice le bureau climatisé, le verre d'eau fraîche. Sur le palier, deux visages familiers se détachèrent d'un coin de couloir. La jeune Élizabeth et sa camarade Sarah, mes deux premières élèves à entrer en classe de seconde. Sarah se tenait derrière sa valise d'interne, étriquée comme une mallette d'enfant. Élizabeth était tapie contre le mur. C'était jour de rentrée au lycée, et je demandai aux filles ce qu'elles faisaient là :

— Nous attendons quelqu'un. Un ami de mon frère, dit doucement Sarah.

Élizabeth a cherché les yeux de Sarah, y a trouvé une permission.

— Le directeur ne veut pas de nous. Il a dit que nous devons retourner à Douala mais nous n'avons pas d'argent.

— Comment ça, M. Bedoussac ne veut pas de vous ?

— Il a dit de lui foutre la paix et qu'il n'a rien à faire de filles de notre sorte.

Élizabeth et Sarah sont les meilleures élèves que j'aie eues au Cameroun. Des éléments exceptionnels d'intelligence, et jeunes encore. Elles peuvent passer le baccalauréat, prétendre à de très belles études. Le lycée Leclerc est leur seule chance. Je me sens insultée jusqu'au tréfonds de l'âme.

— Vous attendez depuis combien de temps ?

— Depuis sept heures du matin. Devant le lycée. Et ensuite ici, parce qu'on ne sait pas où aller.

Je leur ai demandé de m'attendre. Mon rendez-vous terminé, j'ai embarqué les filles dans la R4 prêtée par les Perron. Je me suis garée devant le lycée Leclerc, je suis entrée directement dans le bureau du proviseur. J'ai demandé à voir l'intendant pour installer mes filles à l'internat, comme convenu il y a deux mois. Elles, pétrifiées, gardaient les yeux baissés. Bedoussac passait un mouchoir sur son front. Je ne cessais pas de sourire. Les filles enfin en classe, je pris congé.

— Vous n'aviez pas saisi qu'elles venaient du collège moderne, monsieur Bedoussac ? Heureusement, n'est-ce pas, je me trouvais à Yaoundé. Quelle coïncidence ! Si je comprends la méprise ? Non, je ne la comprends pas. Vraiment pas, je vous assure. Mais notre affaire est réglée.

1ᵉʳ novembre

Avant la foule passait, longue et ample, devant ma fenêtre. Maintenant ils se pressent, de part et d'autre de la route goudronnée, trop nombreux pour tenir sur le bord. Ils se bousculent, s'écartent au passage des voitures, se heurtent. Ils arrivent de tout le pays. Ils trouvent un oncle, un cousin, un ami pour les héberger. Viennent gonfler la misère

200

des faubourgs. New-Bell éclate. D'un côté de l'avenue, les murs clairs de la prison et du camp de police Bertaut ; la façade blanche du collège. De l'autre, un grouillement. La voirie par endroits n'est que l'espace entre les cases. Cet été, les pluies diluviennes stagnaient en flaques immondes. Les miasmes prospéraient. On marchait dans une boue noire, désespérés devant cette absurdité : l'eau manquait.

Je regarde la photo prise par George Goethe au mois de juin dernier : toutes les élèves massées devant l'entrée, souriantes, gracieuses, agitant au-dessus d'elles des dizaines de mouchoirs comme des flammes blanches. Je pense au tableau d'Henri Matisse achevé l'année dernière, dont ma mère m'a envoyé une copie. Il porte ce nom étrange : *La tristesse du roi.* C'est une fête multicolore, on danse, on joue de la musique dans une profusion de vert tendre, de rose, d'orange. Le roi pourtant est triste. Il n'est pas de la fête. Le roi, c'est vous, qui regardez le tableau. Vous êtes hors champ. New-Bell est hors champ.

J'attends les cauchemars. Ils sont affreux mais je les guette. L'odeur, la peau, l'haleine, le bout des doigts, je n'ai plus la force de lutter. Sont-ils encore des cauchemars ? Il me manque.

28 août 1953

Des inondations. J'ai perdu la moitié de mon cahier. Un vrai chagrin.

Cette année Staline est mort. Edmund Hillary a atteint le sommet de l'Everest, à 8 846 mètres. Et moi ? J'ai découvert des nouveaux territoires. Des pensées, des désirs inavouables, même à mon journal. Des obscurités auxquelles Jacques Fronteny n'est pas étranger.

Année 1953-54

10 octobre

L'année commence bien. L'école primaire a quitté les lieux. Notre espace est doublé. La classe d'arts ménagers est plus vaste, on a installé trois machines à coudre supplémentaires et une gazinière pour les cours de cuisine. Une vraie, avec quatre feux. La cour est vaste, on a fixé un filet de volley-ball permanent qui ne gêne personne. Les élèves s'entraînent à toutes les récréations. Notre équipe est l'une des meilleures d'Afrique noire.

Cent quarante-huit étudiants, surtout des garçons, viennent de quitter le Cameroun pour la métropole. Parmi eux, neuf élèves du collège. Notre seconde préparatoire compte les huit filles qui ont réussi le BEPC mais n'ont pas obtenu de bourse et une élève du Saint-Esprit qui veut continuer ses études. Curieusement, cette classe ne pose aucun problème. Les professeurs sont motivés, et en nombre suffisant. Grâce à Erica et Monique, l'hôpital Laquintinie ouvre ses portes aux élèves, ainsi que deux jardins d'enfants et la léproserie de Bossa. Un bon début pour les stages pratiques.

Élizabeth et Sarah sont entrées en première au lycée Leclerc. L'année prochaine, elles prépareront le baccalauréat. Deux Camerounaises à l'université, ce serait inouï ! Il n'y a que trois autres filles indigènes dans tout l'établissement, dont deux du collège, accueillies sans sourciller cette fois.

Mes Antilopes se fraient une voie, lente, mais sûre. Je n'en suis plus aux discours, les faits sont là. Une élite de femmes est en train de naître et j'y suis pour quelque chose. Depuis quelque temps je sors de nouveau, pour éprouver non pas un sentiment d'appartenance, mais de singularité. Sentir que j'existe, que je me détache, comme un collage de Matisse. Figure découpée d'un bloc dans une couleur particulière.

Voilà pour le plein jour.

La nuit.

Les rêves. L'odeur d'herbe brûlée sous le soleil, ses cheveux. L'odeur de crin de cheval, ses aisselles, ses creux, puissants, repoussants. La peau brune, moite de Jacques Fronteny. Ma peau blanche, molle. Deux moiteurs qui se touchent. Se collent dans un frottement d'abord désagréable. Se chauffent, se mouillent, impatientes. Glissent dans un mélange de sueur, de salive et de sexe. Plis contre plis, contre bosses, muscles, tremblements. Un goût salé sur ma langue. La peau pétrie par le corps qui m'écrase. Le renflement rouge d'une lèvre, l'envie de la mordre au sang.

Les poils collés à mon ventre, le besoin de lui jusque dans l'estomac, dans la gorge. Être remplie. Comblée comme un gouffre.

La nuit le désir. Les rêves d'armure collée à mon corps, jambes et bras et visage pour l'empêcher de me toucher. Il y a tellement de force dans mon ventre, dans mes muscles, ils peuvent faire éclater l'armure. Il est juste devant la fenêtre, il me regarde. J'ai chaud. Je manque d'air. Je suis clouée à mon lit, je me débats, le ventre contre la paroi. Fermée à clé.

La nuit le désir et la honte. Je le revois derrière la vitre de la voiture, sa langue contre les dents quand il parle, à quelques centimètres de moi. Moi la femelle aux seins lourds, raidis sous la robe à fleurs beiges. Moi qui suis laide, et j'en pleure au réveil, le nez rouge, la morve dans la bouche. J'imagine et j'invente. Je ne sais pas ce qu'est un homme.

La nuit depuis des mois. Je sors de nouveau, non pas pour éprouver un sentiment de singularité mais d'appartenance. Me fondre comme un nuage d'aquarelle, m'oublier, dans une couleur commune et pâle.

28 octobre

Je ne supporte pas ces mensonges. Et que faudrait-il ? Qu'ils restent tous ici, au Cameroun ? Toujours esclaves parce que non éduqués, non éduqués parce que sans universités, et sans universités parce que sans professeurs indigènes ? Sans professeurs indigènes parce que sans étudiants partis se former en France ! Cette polémique est ridicule. D'où sortent-ils que les étudiants noirs de métropole sont perdus pour leur pays ? Il n'y a pas quinze mille Africains en France, et combien d'étudiants ? Pas de quoi dépeupler l'Afrique ! Qui reste en métropole ? Lamine Gueye, Léopold Sédar Senghor, Houphouët-Boigny, Migan Apithy, Jean-Félix Tchikaya ! Le palais Bourbon ne va pas engloutir le continent. Et les filles n'ont que faire du pouvoir qui obsède les hommes. Chacune sait qu'un poste l'attend à son retour. Elles sont fières de le prendre, elles se moquent de la gloriole. Elles fonderont des écoles et des facultés. Qu'elles partent, pour mieux revenir !

Sous l'humble toit de mousse
Fumant à l'horizon
J'arrive, la vie est douce
Là-bas est ma maison.
Ma mère à la fenêtre
Sourit à mon retour
J'approche et tout mon être
S'emplit d'un tendre amour.
Ô douce, ô douce maison !

J'ai vu la belle France
C'est mon second pays
Pourtant toujours je pense
Au sol où je naquis.
L'exil hélas me pèse
J'aspire au pur bonheur
Maison toi seule apaises
L'angoisse de mon cœur.
Ô douce, ô douce maison !

Poème composé par Marie-Myriam, Antilope, étudiante à l'école de sages-femmes de Montluçon.

8 décembre

Les Antilopes ont besoin d'une association des anciennes élèves. Elles sont environ trois cents titulaires du BEPC depuis mon arrivée. Garder un lien serré, s'entraider ici, en France, en Afrique noire puisque certaines se sont installées ailleurs — Otilie au Gabon, Madeleine au Sénégal, Marie-Henriette et Ruth au Togo… C'est Jean Trouvère qui m'a donné l'idée. HEC est pour lui une deuxième famille. J'ai envoyé une lettre à toutes celles dont je connais l'adresse et leur ai demandé de faire suivre le message. Je vais créer un journal, *La Lettre des Antilopes*.

Rendez-vous à Noël, pour toutes celles qui le peuvent.

23 décembre

Le jour : on va me remettre la croix du Mérite camerounais. J'en cherche la raison. « Votre travail admirable auprès de ces jeunes filles… votre courage… l'œuvre accomplie en cinq années de fonction… » J'ai une explication : l'Algérie. Il n'y a pas meilleur argument pour la France coloniale que ces dizaines de petites femmes camerounaises étudiant en métropole. Ajoutons qu'elles bégayent leurs premières amours avec l'élite noire de nos classes préparatoires, de nos universités, de nos grandes écoles. Quel tableau éloquent face au discours nord-africain !

La date de la cérémonie n'est pas fixée. Ce pourrait être après l'élection présidentielle, qui obnubile toute l'administration. On en est au treizième tour de scrutin, la Communauté européenne de défense fâche tout le monde. Ma croix est suspendue au silence du candidat Coty. Car, sur les questions épineuses, seul le silence permet un consensus.

La nuit, Pierre me protège. Il est bon, il est doux. Pourquoi je me sens coupable d'écrire cela ? Pierre a des contours bien dessinés. Il reste à l'intérieur. D'autres échappent sans cesse. Jacques Fronteny crève le dessin.

25 décembre

Réveillon chez les Duchâble avec les Lainé, Pierre, Baptistine et leurs amis français de passage.

À onze heures et demie, le boy François vient me chercher. On me demande à la porte. Je traverse le salon, je tire la poignée. D'abord je vois les flammes, par dizaines, qui palpitent dans le jardin. Les mains qui tiennent les bougies, où la cire goutte. Les robes. Les visages. Elles sont cinquante, soixante peut-être. Germaine, Marie-Claire, Bernadette, Isabelle, Jacqueline, Renée, Clotilde, Marie-Thérèse, Sarah, Olga, et derrière Annie, Lydia, Amina, Geneviève, Marie-Odile, Makrita…

Nous l'avons bâtie
La chère maison
Et toute notre vie
Nous la protégerons

Émilienne, Berthe, Dorothée, Irène, Jeannette, Suzanne, les deux Élizabeth, Claire-Adèle, Elvira, Aline, Marie, Bella…

Sur le flot qui roule
Qui roule ici-bas
Si la maison s'écroule
Nous ne faillirons pas

Je me suis approchée, j'ai embrassé chacune de mes anciennes élèves. Je n'ai pas pu m'en empêcher, j'ai regardé les ongles — brossés. Les ventres — rentrés. Les sandales — lanières bien ajustées. Les jupons — un centimètre plus courts que la robe. Je les trouvais grandies, bêtement. C'était peut-être leurs vêtements de femmes. Marina portait des talons, Otilie un collier de pierres vertes. Elles étaient coiffées. La poitrine tenue, le corps posé sur les deux hanches, solide. Les lèvres de Marie-Claire brillaient. Du rouge à lèvres ? Déjà ?

— J'ai vingt ans, mademoiselle Marthe.

Les gouttes de cire tachaient leurs mains, petites sphères blanches et brûlantes. Elles n'y prêtaient pas attention. Elles ont chanté toute la nuit *Le vent de la plaine, Souliko, Le tambourin…*

Mon plus beau Noël.

Un oubli concernant le réveillon. Avant la messe de minuit, le petit Lainé vient vers moi :

— Vous lui parlez, vous, à Jésus ?

— Bien sûr. Et toi ?

— Oui, mais il ne m'écoute pas. Je lui demande des choses, et il ne me les donne pas.

L'enfant hésite.

— Peut-être que si c'est vous qui lui parlez... Les sœurs, elles savent mieux comment faire.

J'ai pourtant mis du fard. Je porte un bracelet, une bague, une robe bleue.

— Je ne suis pas religieuse, Paul...

L'enfant bat des paupières. Il paraît déçu. Je me recroqueville dans mon linceul. Je me dis que je suis bonne, mais Paul s'en fiche. Il pense que je suis laide.

8 janvier 1954

J'ai croisé Jacques Fronteny à l'église. Je n'ai pas eu à tourner la tête, j'ai su que c'était lui. Cette odeur particulière, la masse de son corps, l'air qu'il déplace. Il s'est assis derrière moi. L'office avait commencé. J'essayais de chanter, ce qui sortait était un souffle. J'ai baissé les yeux. Nos regards se glissent partout où la peau affleure, entre le col et le cou, dans l'imperceptible entrebâillement des boutonnières, derrière l'oreille, sous une manche qui laisse voir l'aisselle. Ne pas regarder le corps du

Christ avec dans mes yeux ce corps et sur mon corps ces yeux.

Le soir, j'imaginais qu'il entrait dans ma chambre pendant mon sommeil. Il se collait contre mon dos, avec son odeur d'herbe et de cheval. Ne pas le voir. Imaginer ses mâchoires serrées, et le collège endormi tout autour. Le recevoir sans résistance. Un râle chaud et lourd de tabac contre mon oreille. Vouloir à toute force que cela existe. Et n'existe pas.

19 mars

« La condition coutumière de la femme africaine en a fait psychologiquement une mineure. » La phrase est de Sarah Épangué. Elle m'est revenue pendant les journées d'études sur la femme organisées par l'Assemblée. J'ai dit cela, face à tous les participants. Je l'ai pensé. Ma pensée s'est retournée contre moi.

— Vous voyez, a dit cet élu duala, devant un parterre féminin noir et blanc très docile, les femmes ne sont pas prêtes à assumer des responsabilités d'homme. C'est Mlle Marthe qui parle, directrice du collège de jeunes filles de New-Bell.

12 mai

C'était superbe. La cérémonie bien sûr, *La Marseillaise*, les rangées d'hommes droits comme les valeurs de la République. Les képis, les costumes, moi-même je portais un béret gris. Sotte idée finalement : la photo de Prunet me renvoie le portrait d'une cheftaine éclaireuse.

Superbe, la géométrie des groupes en uniforme, la symétrie des honneurs — je n'étais pas seule à recevoir une distinction. Le tempo sans accroche. Une rigueur irréprochable. Des failles sont apparues plus tard, émouvantes parmi tant de maîtrise. J'ai une franche sympathie pour les éternuements, les raclements de gorge. Dans des circonstances aussi solennelles, je suis soulagée de voir un homme sortir son mouchoir.

C'était superbe, mes filles et mes amis dans le fond de la cour, piliers du temple. Il faisait beau et chaud, attendre en plein soleil était un supplice. La sueur coulait dans mon corsage, elle dessinait sur ma chemise d'affreuses auréoles. Je me consolais de n'être pas la seule.

Superbe, par-dessus tout, cette enfilade souriante : la direction de l'Enseignement de Yaoundé, le haut-commissaire et sa cour. Pour me distraire pendant les discours, je regardais les chaussures noires maculées de poussière ocre.

On m'a épinglé la croix du Mérite. Je me tournai vers l'assemblée, n'y trouvai rien de ce que j'attendais : ni dédain, ni froideur, ni scepticisme. Là, sous l'affreuse chaleur, une chaleur du cœur qui n'était pas feinte. C'était moi qu'on regardait. Ma croix. Mon mérite.

Jacques Fronteny est venu. J'avais entendu dire qu'il quittait le Cameroun par Mme Lainé, qui s'inquiétait de nos finances. Sans lui, comment faire ? J'avais confiance en ma croix du Mérite. N'empêche. Sans lui, comment faire ?

C'est dimanche et les élèves sont de sortie. Il est arrivé au crépuscule. L'heure des cafards qui sortent de nulle part, gras, luisants comme un bijou. J'ai ouvert la porte. Pieds nus, en robe verte, la soif plein le corps, et l'urgence. Il a refermé la porte.

J'ai senti le sol sous mes reins. Le choc du carrelage contre mes os. L'herbe surchauffée, le cheval, le gouffre creusé entre mes cuisses. Un pan de tissu écarté, un pan de moi. Une sensation furieuse et rouge. Les poils de sa barbe contre ma peau. Les liquides, les frottements. L'énorme bulle qui crève et se répand.

Il a laissé un chèque. Le dernier. Trois cent cinquante mille francs CFA. J'ai déchiré le chèque en très petits morceaux. J'ai mis le feu aux morceaux dans le lavabo.

J'ai pris un bain froid.

J'ai longtemps regardé le plafond.

Première nuit sans rêves depuis des mois.

Le désir a un visage. Une odeur. Une fin.

Année 1954-55

15 novembre

Il y a quelque chose de paisible. De durable. D'installé. Le mouvement continue, mais au rythme lent, régulier d'une rivière en plaine. Ce n'est pas désagréable. La routine me berce. Quelquefois je m'ennuie. J'ai l'habitude du désordre et de l'incertitude. Certains jours, j'ai envie de bousculer les choses, de provoquer un événement, comme lorsque j'étais petite fille. N'importe quel événement, même idiot, même douloureux pourvu qu'il brise le rythme, qu'il fasse battre mon cœur. J'envisageais les pires bêtises, de l'indigestion de friandises qui me conduirait à l'hôpital à la fugue provisoire qui bouleverserait la maison. J'espérais avec une égale ferveur l'annonce d'un voyage, l'arrivée d'un prince chez mon grand-père ou la mort d'une vieille tante, tous prometteurs de grandes manœuvres. Du relief, à tout prix. Ce ralentissement m'amollit. Au moins, je reprends des forces.

J'ai le temps de penser. De me retourner sur les cinq années passées ici. Je regarde l'école, deux fois plus vaste. Le nombre d'élèves, deux fois supérieur. Les nouvelles classes, les premiers retours de boursières au Cameroun. Devant ma fenêtre les foules poursuivent leur incessant exil mais il n'y a plus de poussière. La route est bitumée. J'ai quarante ans. Je suis une vieille fille tranquille, faiseuse d'Antilopes au fin fond de l'Afrique noire. Et de l'autre côté de la mer, qui suis-je ? Une vieille fille un peu dingue qui s'occupe des Noirs près d'un bidonville, tandis que les banlieues de métropole se transforment elles-mêmes en bidonvilles.

Rien ne m'inquiète vraiment cette année. Pas d'incident depuis la rentrée. Les effectifs gonflent, les résultats sont bons. Les professeurs sont à leur poste, et mes amis fidèles. Baptistine flirte avec un policier du camp Bertaut, notre proche voisin. Je ne sais pas si c'est un cadeau, un répit salvateur ou un mauvais présage. Le calme avant la tempête. J'essaie de profiter de ces mois d'insouciance, où le travail ne me consume plus.

21 décembre

La petite Kantouma Njoya est morte. Depuis le diagnostic, trois jours ont suffi. Les premiers signes sont apparus à son retour de Foumban. Elle s'est plainte de maux de tête. L'aspirine n'en est pas venue à bout. Le lendemain, toujours souffrante, elle peinait à avaler. On a cru à un début d'angine ; la gorge n'était pas rouge. Il n'y avait pas de fièvre, mais l'enfant s'agitait comme à la veille d'une grosse grippe. Sueurs, sommeil trouble.

La journée suivante, Kantouma l'a passée au lit. Elle se cachait le visage, ne supportait pas la lumière. On ferma les volets mais ce n'était pas assez : elle tira le drap sur ses yeux. Elle plaquait les mains sur ses oreilles au moindre bruit. Pleurait au grincement d'une porte. Ses nerfs étaient à fleur de peau.

À midi, Baptistine courut chercher le médecin. Mme Berthe apporta un peu d'eau à l'enfant. À la vue du verre, un spasme affreux lui comprima l'estomac. Lorsque le médecin monta au dortoir, Kantouma crachait des flots de salive. Il la déshabilla tout de suite, chercha entre les plis de son corps. Il tira sur l'aine. Une plaie horrible apparut. Purulente. Kantouma bavait, on ne voyait plus que le blanc de ses yeux. On l'emmena à l'hôpital. Du fond de son coma, elle ne connut jamais le diagnostic : toute rage déclarée est mortelle.

Je viens de recevoir un télégramme du sultan de Foumban, le père de Kantouma. Il perd sa fille adorée, moi ma seule élève musulmane. Pour une morsure de chien, de renard ou de rat.

Baptistine va se fiancer.

29 décembre

Encore un. Depuis Diên Biên Phu, cet été, on voit arriver des fonctionnaires du Vietnam, du Laos et du Cambodge. Les Blancs les appellent le « péril jaune », parce qu'ils ont déjà cédé une fois. Le pauvre M. Grillot passera sans doute le réveillon tout seul.

De toute façon, New-Bell gronde déjà. On dit qu'Um Nyobé est l'« Hô Chi Minh du Cameroun ». Pourvu que le malaise soit diagnostiqué dans les temps. J'ai peur qu'il n'en soit des hommes comme des peuples : toute rage déclarée est mortelle.

Cahier n° 3

(1954-55 suite)

Hiver 1954

J'aime écrire le mot « hiver ». D'habitude on le prononce en soufflant un peu de buée. Maman m'a écrit qu'il gèle tous les jours, un froid à fendre la peau des mains, à faire saigner la bouche. Des vaches sont mortes à Séez, dures comme des cailloux, la langue gonflée et bleue. Des oiseaux, des poules, des lapins, des tuyauteries ont éclaté, leurs liquides dilatés par le froid.

À Douala, chaque saison fait ses victimes : les noyés, les paludéens des grandes pluies, les sans-logis des tornades, les morts de soif de la saison sèche, ou qui ont bu l'eau stagnante des mares. L'humidité constante nourrit les microbes, conserve les plaies, en ouvre de nouvelles aux endroits les plus délicats — plis, muqueuses, trous. Le soleil ne suffit jamais à sécher ce qui moisit, pourrit, suinte. Les odeurs traversent maintenant l'avenue Jamot. New-Bell exhale ses saletés, ses promiscuités humaines, les sécrétions des corps que le sol, saturé, n'absorbe plus. Une odeur de misère.

Là, on aimerait le froid. Un jet de poudre glacée et saine. Un hiver aux contours scintillants, un éclat transparent et neuf. Un grand souffle. Mais non, ils arrivent, toujours plus nombreux, et maintenant de tout le pays bamiléké qui ne peut plus contenir sa population. Ils viennent grossir New-Bell, s'y parquer, étouffer. Il me manque, l'espace de l'hiver, grandiose, disproportionné, au-delà de tous nos besoins. Sa géographie blanche, sans limites. L'hiver me manque comme l'eau fraîche dans un désert.

4 mars 1955

Il y a dix ans, c'est dans un moment semblable que les émeutiers sont entrés au collège. C'était la fin de la guerre, et l'inflation avait rogné les salaires. Les premières grèves du territoire ont eu lieu. Les syndicats les ont accompagnées. Elles ont mal tourné, on a tiré sur les foules. Des travailleurs noirs se sont réfugiés au collège, qui n'était alors que l'école supérieure des filles. On a voulu s'en prendre aux professeurs, aux élèves, à tout ce qui portait la marque du Blanc. Le Blanc qui avait fait la guerre et ne payait plus.

Aujourd'hui comme il y a dix ans, les ouvriers du port ont cessé le travail. Ils sont presque six cents, bien encadrés par l'UPC. Les agents de voirie ont suivi, les ordures se sont accumulées pendant trois jours le long des routes, infestées de cafards et de vers. La puanteur est insupportable. À présent, les cadres locaux demandent les salaires des Blancs. Le pouvoir des Blancs. L'agitation s'est propagée jusqu'à Édéa, où les ouvriers de la plantation SAFA sont eux aussi entrés en grève.

C'était le 24 septembre 1945. À midi, ils sautèrent par-dessus les barrières, et le directeur Puig, qui se trouvait comme moi devant sa case, ne sut s'il était attaqué ou si les manifestants cherchaient refuge dans son école. Ils étaient armés de bâtons, de machettes, de couteaux, et derrière eux tourbillonnait un énorme nuage de poussière : un camion de l'armée. Au moment où les manifestants passaient la barrière, les élèves s'éparpillèrent dans toutes les directions. Poussée par la peur, l'une d'entre elles sortit sur l'avenue Jamot. Aveuglé par le nuage d'or, le camion militaire ne la vit pas se jeter sous les roues. Il ne sentit même pas le choc. Pour s'arrêter, il lui fallut s'empaler sur la barrière. Des hommes armés en descendirent. Jean Puig courut vers ses élèves, il leur hurla de monter au dortoir. Les émeutiers mirent le feu au camion, ce qui suffit à calmer provisoirement leur rage. Jean Puig avait fermé à clé la porte du dortoir. D'en haut, il regarda s'approcher une cinquantaine d'hommes. Brandissant des haches, ils exigeaient le départ immédiat des internes.

Au bout d'une heure, la police avait arrêté les émeutiers. Jean Puig était redescendu, tremblant. Il avait failli mourir. Sans la prison, à sa gauche, et le camp Bertaut, à sa droite, il aurait été fendu en deux. C'était il y a dix ans, et comme aujourd'hui, le port était en grève.

21 mars

Maman, pour toi c'est le jour du printemps. De part et d'autre de la mer la température s'adoucit. J'imagine que, dans l'atmosphère, les blocs d'air se fondent au lieu de s'entrechoquer comme aux saisons extrêmes. À présent, c'est tout près de moi que se produit le frottement des éléments. Pas dans un vague endroit du ciel, bien au-dessus des continents. C'est à hauteur d'homme que les choses se passent. Et d'abord à travers les bruits, les lumières.

Quelques semaines par an, la pluie plonge Douala dans un long crépuscule. Les dix autres mois, rien n'échappe au soleil blanc qui tombe en plaques à travers la brume, sur les routes, les chantiers, les places nues et sans secrets. Il s'infiltre comme la pluie dans les interstices, force les intérieurs, et même les cases enchevêtrées du bidonville, même les ruelles noires, le marché couvert de tôle, de toits de palmes et de tissu. Partout le soleil goutte et se dilate. Le jour retourne les entrailles de New-Bell, sa beauté, sa laideur. Il tient la ville hors de tout mystère. Je connais le rythme diurne des rues, le mouvement des foules, la cacophonie des klaxons, sonnettes de vélos, des marchands et des animaux en cages, les cris des enfants, les bavardages des mères. Les hommes parlent fort, ils marchent en traînant leurs sandales, soulèvent la poussière, s'apostrophent en des salutations joyeuses qui n'en finissent pas. Le jour, la vie s'expose, brutale et sonore, colorée, palpable comme un corps nu, avec les muscles, les veines, les organes bien visibles et transparents. New-Bell a beau se transformer, s'enlaidir, s'appauvrir, gonfler jusqu'à l'éclatement, elle se déforme à la façon des corps obèses qui, sous les bouffissures, restent encore familiers. Le jour a conservé son effroyable impudeur, et sa sève.

La nuit, New-Bell entre dans le silence. Silence imparfait, apaisant. J'ai vu pendant six ans les foules passer de la lumière à l'obscurité, glisser sur l'avenue à pas lents, légers, une lampe à la main, une bougie tremblotante tout près du visage. J'ai entendu les voix diminuer sans s'éteindre, devenir murmures. New-Bell, un corps engourdi au geste minimal, jamais tout à fait en repos mais languissant, au seuil d'un sommeil impossible.

C'est la nuit que, depuis quelques semaines, New-Bell se métamorphose. Une sourde excitation palpite. Une fébrilité nouvelle. Une mutation intérieure, profonde comme le séisme d'un corps pubère, ses grondements invisibles — ruisseaux d'hormones, substances aux trajets silencieux dont les manifestations extérieures, boutons, rondeurs molles, traduisent mal l'ampleur du labeur souterrain. Depuis les grèves, des signes de la mue surgissent, épars, irréguliers, incertains. L'éclat des voix à certains moments de la nuit, les pas pressés le long de la barrière. Et parfois, l'absolu silence. C'est surtout cela : un silence comme jamais je n'en ai senti à Douala. Paulette grogne devant la porte ; pas une ombre, pas un souffle, pas le moindre bruissement de feuilles. New-Bell semble figée dans une tétanie forcée. Devant ma porte ouverte, ma chienne scrute la nuit et je n'ose pas sortir. Il faudrait franchir l'invisible tissu d'ondes qui électrise l'air et fait bourdonner les insectes, les cafards, les moustiques plus qu'à l'ordinaire. J'ai souri quelquefois de cette peur irrationnelle. J'ai refusé d'interpréter l'altération des bruits, des cadences de bruits. Jusqu'à ce que Baptistine, Mme Lainé, Fanny et Pierre m'alertent tour à tour.

Ma Bertha, trop âgée pour continuer à travailler avec nous, est retournée dans son village. Nous lui avons organisé une petite fête. Depuis son départ, Baptistine œuvre en tous sens. En attendant que nous lui trouvions un peu d'aide, elle assume jour et nuit la surveillance des élèves, ce qui l'épuise. Le mois dernier, Baptistine s'est confiée à moi :

— Depuis quelques jours, mon sommeil est agité. J'allume ma lampe, je lis un peu. Je regarde au-dehors, machinalement. Il y a des gens qui courent, ils se faufilent sous les arbres, ils ne font pas le moindre bruit. Je les vois de ma hauteur, invisible derrière les persiennes. C'est diffus, vous comprenez. Ils n'ont pas de lampes, et ils se taisent. Je ne sais pas, vous allez trouver ça ridicule mais… ça ne me rassure pas.

Un soir, une élève a eu mal à la tête et a demandé un comprimé. Baptistine m'a avoué avoir prétexté qu'il ne restait plus d'aspirine pour éviter d'allumer sa lampe, de descendre l'escalier noir qui mène à la cour et de traverser le clair de lune jusqu'à l'infirmerie.

— Je ne sais pas comment vous dire… Il se passait des choses autour de moi. Je ne suis pas folle, je sentais une présence, une menace, comme les chiens, vous savez, avant de voir. Ça leur traverse le poil.

Je lui ai demandé ce que je pouvais faire pour elle.

— Oh, rien ! Juste me permettre de monter les médicaments au dortoir, au cas où…

Mais si Baptistine a besoin de moi ? Descendra-t-elle ? Elle est responsable des filles, il est hors de question qu'elle se terre là-haut.

— Mademoiselle Marthe… avec le camp Bertaut à côté, nous sommes bien protégées, n'est-ce pas ?

Fiancée à un policier, Baptistine est mieux placée que moi pour le savoir.

— Charles dit… enfin, c'est un peu mouvementé, les nuits, en ce moment. On leur donne des alertes pour rien. On les fait lever, habiller, quelquefois patrouiller dans le quartier, mais c'est comme moi : ils voient des ombres, des choses insaisissables…

J'ai rassuré Baptistine. Ce sont sûrement ces récits qui lui font peur.

Il y a eu ce meeting, aussi, avenue Bonnecarrière. Je conduisais Pierre, nous allions déjeuner chez les Duchâble. Sur la route, une foule dense de Noirs et de Blancs, des casques coloniaux, des haillons, des chemisettes blanches mêlés. Un « police » nous fait signe de circuler mais le flot humain se répand autour de la voiture et la contourne.

— Où vont-ils ? criai-je au police.

— Au meeting ! répond-il, et la foule l'emporte.

Pierre ne bouge plus. Appuyé contre le dossier, les yeux rivés sur le mouvement continu au-dehors, il dégouline.

— Vous les entendez, Charlotte ? L'UPC... L'ONU a accepté l'indépendance.

Je klaxonne, réussis à me frayer un passage. Des groupes de Noirs me dévisagent, furieux ou goguenards, les Blancs ne me voient pas. J'avance mètre après mètre, et moi aussi je commence à avoir chaud.

— Partons, Charlotte, je ne supporte pas... la foule, comme ça, je ne peux pas...

Pierre respire à la fenêtre, au bord de l'asphyxie. Je ne peux même pas ouvrir la porte, alors je me mets à plaisanter.

— Vous êtes agoraphobe ? En Afrique ? Voyons, Pierre...

Mais Pierre ferme les yeux, silencieux, et sur le passage des doigts heurtent son visage. Des cris de colère montent, indéchiffrables, joyeux, menaçants. J'imagine les Blancs armés sous leur veste, prêts à tout pour ne pas céder le territoire ; j'imagine les partisans de l'indépendance, non moins sûrs d'eux ; mourir leur est égal. L'avenue se dégage, nous roulons cheveux au vent. Pierre se redresse contre son dossier. Il me demande s'il m'arrive d'avoir peur.

— Le siège de l'UPC est juste derrière le collège. Vous avez vu la foule ? Imaginez ça sur l'avenue Jamot, devant les barrières ajourées.

Je ne réponds pas, concentrée sur ma conduite. Nous sommes en retard. Pierre ajoute :

— Je ne sais pas si vous avez remarqué, la nuit, ces bruits étranges. On dirait que des gens se déplacent clandestinement. C'est sûr, ils bravent l'interdiction de réunions publiques. On faisait pareil pendant la guerre, non ?

Depuis le succès des revendications d'indépendance d'Um Nyobé auprès des Nations unies, des rassemblements ont en effet essaimé dans tout le territoire, et des groupes excités brandissent cet étrange drapeau : rouge, avec un crabe noir. Ils font peur à la France, qui par mesure de précaution a ordonné la dispersion systématique. Sauf pour le rendez-vous de l'avenue Bonnecarrière, semble-t-il.

Je souris à Pierre. Que puis-je faire d'autre ?

Mme Lainé vit à l'autre bout de la cour, dans cette case que nous avons mis tant de mois à construire. Le soir, les lumières de la salle à manger clignotent à travers les lianes corail, à la façon de petits lampions. Les Lainé sont très stricts avec leurs enfants, qui font preuve d'une remarquable discrétion pour leur âge. Le soir, point de bruits, point de cris. Le papillonnement des lueurs à travers les feuilles est le seul indice que la famille veille. Or, depuis deux semaines, il fait nuit derrière les lianes.

Je fais remarquer à Dominique qu'elle se couche tôt ces temps-ci. Elle s'étonne. Je lui dis que je ne vois plus ses lumières allumées.

— Oui, nous avons remarqué qu'on nous devine facilement, avec la pièce éclairée de l'intérieur. Je ne veux pas attirer l'attention, nous sommes tout près de l'avenue. Nous lisons dans nos chambres.

Dominique dit qu'elle entend des voix d'hommes chuchoter sous sa fenêtre.

— Ce n'est pas le ton des palabres du soir, un bruit de vent dans les branches. C'est comme un chien qui gronde, voyez-vous. On sent bien que les voix se font violence pour ne pas s'élever. On sent les mâchoires serrées.

Dominique se penche à la fenêtre, quelquefois, pour apercevoir un visage dans le halo du lampadaire. Personne. Jamais. Pas même une ombre, comme en voit Baptistine depuis le dortoir.

Enfin il y a eu ces trois jours, la semaine dernière. Les parents de Fanny étaient encore à Douala. Comme je devais me rendre à Yaoundé, j'ai proposé à Fanny, qui commençait à se sentir à l'étroit chez elle, d'occuper ma case pendant mon absence et de laisser la sienne à ses parents.

À mon retour de Yaoundé, j'ai trouvé ma case fermée. C'était un dimanche de sortie pour les filles, le collège était vide. Un mot de Fanny était accroché à la poignée de porte : « Viens à la maison, j'ai à te parler. » Je déposai ma petite valise, montai dans la 2 CV et me rendis chez les Duchâble. Ils jouaient aux cartes devant la case, ils poussaient des cris mêlés de patois marseillais, ils riaient fort, et cette vision de la Canebière sous les manguiers était tellement drôle que je ne suis pas entrée tout de suite. J'ai savouré le tableau depuis la rue. Le boy qui débarrassait le goûter des enfants, les cartes qui volaient, le père

Ferrigues en bras de chemise sermonnant son gendre ; Jean qui jouait à l'avion avec une pauvre tortue de jardin, et Violette sous sa moustiquaire, dont on ne voyait s'agiter que les pieds. Léon m'aperçut le premier.

— Charlotte, viens t'asseoir ! Je gagne, je suis le mistral de la canasta, je balaye tous les adversaires !

J'ai regardé se terminer la partie de cartes en buvant un jus de fruits. Fanny s'est penchée à mon oreille :

— Tu ne sais pas ?

— Quoi donc ?

— Il n'y avait personne au collège ?

— Non, personne, ce qui est normal. Que se passe-t-il ?

Elle me fit signe de la suivre derrière la maison.

— Je ne veux pas que les parents entendent.

Là, Fanny me raconte qu'à quinze heures toute la famille est allée au cinéma. Après la séance, elle et son fils sont rentrés au collège débarrasser leurs affaires, en prévision de mon retour. Il faisait plein jour. Fanny n'a pas vu Paulette, elle a pensé qu'elle dormait quelque part à l'ombre. Elle a traversé la cour. Il flottait une odeur douceâtre de fer et de lait caillé. Devant les marches, un rat. Sur le perron, un deuxième. Deux autres ont filé entre ses jambes en giflant ses mollets. Ils venaient de derrière la case.

— La cuisine, je me suis dit. J'avais dû oublier quelque chose, ou bien le boy, et les rats s'en faisaient un festin.

Fanny a contourné la case. Cinq rats ont jailli du fourneau. L'odeur était écœurante. Fanny a dit à

Jean de l'attendre plus loin. Elle est passée de l'autre côté du paravent de cuisine, a chassé un nuage de mouches.

— C'était immonde, Charlotte. Ça m'a coupé le souffle. L'une de ces truies de New-Bell qui envahit les pelouses, tu sais, celle avec du poil noir autour de l'œil qu'on appelait *la pochée*... elle était pendue à une branche du manguier. Fendue de la gorge à la queue, ses entrailles dans la poussière.

Ce n'est qu'après que Fanny a trouvé Paulette. Elle avait l'air de dormir, imperturbable, à côté d'une flaque de sang. Sa branche à elle avait cassé.

— Tu as de la chance, elle n'est pas morte.

Je me taisais. Paulette n'était pas morte et Fanny disait que j'avais de la chance. Est-ce que je devais éprouver un soulagement ?

Fanny a proposé que Léon me raccompagne, le soir. J'ai accepté.

C'est donc le 21 mars, jour de printemps, maman. L'air s'adoucit autour de toi, il fraîchit autour de moi, la belle homogénéité du ciel s'étend. Ici, quelque chose se détraque.

Dans les yeux de Baptistine, derrière les persiennes de Mme Lainé, sur le goudron chaud de Bonnecarrière et de l'avenue Jamot, dans le cœur de Pierre, dans les arrière-cours, la gueule des chiens et des cochons, les feuilles de lianes corail, dans la nuit de New-Bell, l'obscurité avance.

C'est le printemps, maman, et j'ai peur. De l'inconnu.

Prosper a lavé douze fois à grande eau la cuisine derrière la case. Après douze lessives, le sang maculait encore les cailloux. Prosper a jeté les cailloux. Mais l'odeur douceâtre flotte encore. Elle me réveille en pleine nuit. Je nettoie mes narines, mais elle est dans la muqueuse. C'est pire peut-être que si j'avais vu cette viande écorchée. Je dois l'imaginer.

Le mieux serait sans doute de m'atteler à de nouveaux projets. Nous avons voulu une section ménagère, elle existe. Nous avons voulu une seconde de préparation, elle fonctionne. Certes, en effectifs réduits, mais tout de même. Si nous voulions une seconde générale, peut-être serait-ce possible aussi ? Et une première ? Et une terminale ? Si on transformait le collège en lycée ? Après tout, les filles réussissent très bien à Leclerc. Celles qui ne veulent pas quitter Douala ont même demandé à entrer en seconde générale au lycée Joss et à profiter encore de notre internat.

Ce serait magnifique. Mon *lycée* de jeunes filles. Plus besoin de signer des dossiers pour Yaoundé. Plus besoin de me séparer de ces élèves si fines, si intelligentes que j'ai formées et qui me quittent au meilleur moment, quand leur talent est près d'éclore. En finir avec les salamalecs à Bedoussac pour qu'il traite correctement mes élèves. Je fais le rêve idiot de toutes les mères du monde. Les garder, les aimer, être aimée.

12 avril

En entrant chez moi ce matin, Fanny était outrée. Elle a jeté son cartable sur une chaise, brandissant le journal du matin.

— Tu te rends compte ? Écoute un peu ça.

Elle m'a lu un article que je connaissais par cœur. J'en avais eu la primeur à la messe de Pâques, et j'avais failli sortir de l'église. Le texte était signé par tous les évêques du Cameroun, y compris par Mgr Étoga, premier Camerounais de ce rang ordonné l'année dernière, et lu simultanément dans tout le territoire. J'écoutais, debout devant mon banc d'église, et j'imaginais les centaines de bouches articulant, en ville comme en brousse, dans les cathédrales et les petites paroisses, cette étrange incantation :

— *Le marxisme est le plus grave danger qui menace notre civilisation… Nous mettons les chrétiens en garde contre les tendances du parti politique connu sous le nom de l'UPC, en raison non pas de la cause de l'indépendance qu'il défend, mais de l'esprit qui anime et inspire ses méthodes ; son attitude hostile et malveillante à l'égard de la mission catholique et ses liens avec le communisme athée, condamné par le Souverain Pontife.*

J'ai imaginé les fidèles indigènes sortant un à un des églises après la lecture, confus pour le mieux, en colère peut-être, sommés d'attribuer un camp à Dieu.

— Je ne suis pas communiste, mais reconnais que, les curés, ils attisent les braises !

Dehors, quelques filles jouaient au volley-ball, pour elles rien n'avait changé. Après la messe de Pâques, elles n'avaient pas posé de questions. Le texte repassait en boucle dans ma tête et je regardais, au-delà des barrières, l'invisible armée de l'UPC qui faisait trembler tant de puissants. Je n'aime pas que l'Église s'en mêle. La « question coloniale », comme disent les journaux, est trop complexe pour faire l'objet d'un discours moral.

L'Église et l'UPC ne sont pas de cet avis. Toutes deux pensent détenir une vérité qui exclut l'autre, l'Église plus encore que les indépendantistes. Car les UPCistes ont beau envoyer leurs cadres à Pékin, à Moscou, être soutenus par l'URSS déicide, comme tous les Camerounais, ils aiment Dieu.

Je me disais que, dans la Bible, il devait bien y avoir de quoi justifier le combat de l'UPC. Fanny m'en a apporté la confirmation, à travers un article de *La Voix du Kamerun*, l'une des feuilles rouges de l'UPC.

— Ne me demande pas où je l'ai eue… C'est le leader Moumié qui parle : « La Bible enseigne que, lorsque les envahisseurs philistins cherchèrent à ravager la terre d'Israël, Dieu arma le jeune pâtre, David, d'une fronde pour abattre le général Goliath, le chef des envahisseurs… »

Que c'est triste. Se disputer les faveurs divines.

J'ai dit à Fanny que nous allions créer un lycée. Les filles en ont besoin. Moi aussi. Elle m'a dit de me dépêcher. Il ne reste peut-être pas beaucoup de temps.

Aujourd'hui, célébration sous haute tension. Orchestrée comme un défilé militaire, à la pointe des mitrailleuses.

Le jour s'est levé, très blanc. Les élèves ont passé leurs tenues des dimanches, robes blanches, sandales et mouchoirs de tête assortis, tissu qui se fondait dans la couleur de l'air, sa consistance ; elles flottaient. On a sorti les panneaux peints la veille, esquisses d'antilopes noires brillant sur fond blanc, et les banderoles brodées au nom du collège. Dans toutes les écoles de la ville, l'excitation devait être la même. Sortir les uniformes, répéter une dernière fois les chants, les chorégraphies, les rythmes. La pâleur de la lumière diluait les sons, délavait les couleurs, Douala semblait une photographie surexposée. Nous sommes parties à pied, en rangs serrés, levant haut nos panneaux de New-Bell. Les professeurs et Baptistine encadraient les élèves de tous les côtés. Nous suivions de loin en loin les rangs d'autres écoles. Les rues étaient désertes. Pas une voiture. Pas un vélo. Quelques individus çà et là. Aux grands carrefours, des militaires en armes. Une rumeur circulait depuis la veille, se propageait comme un frisson : l'UPC préparait quelque chose.

Nous approchions du pont. Des camions de l'armée étaient garés de part et d'autre de la route. Les filles répétaient *Adieu madras* et *La mansarde,* qu'elles entonneraient plus tard en se joignant aux milliers de voix des autres écoles de la ville. En tête, le lycée Joss. Devant nous, le collège Libermann, derrière les filles du Saint-Esprit, et plus loin, dans un désordre contenu, les garçons de l'école professionnelle. Des rues adjacentes nous arrivaient les petits des écoles primaires. Il manquait les élèves dont les parents, sensibles au mot d'ordre de l'UPC, avaient interdit le défilé à leurs enfants. Un long serpent humain avançait en direction de l'eau, bruyant, musical. Tout autour, le silence, l'immobilité. Un décor figé comme des panneaux de théâtre. Rues mortes. La joie des enfants ne trouvait nul écho.

Ce qu'on devait montrer aujourd'hui, devant le ministre de la France d'outre-mer tout juste débarqué de Paris, devant le haut-commissaire et la cohorte de sommités locales, devant les parents, les notables, les chefs traditionnels, devant les députés, les journaux et les photographes, les Nations unies, devant les francophiles invétérés, « évolués » en costume trois-pièces et lunettes à monture d'écaille, devant les UPCistes avoués et les autres, taiseux, noyés parmi la foule encadrée le long des routes, ce n'était pas le pont du Wouri. Ce n'était pas cette prouesse de deux kilomètres de long, une voie ferrée encastrée dans la chaussée avec son collier de lampadaires neufs, sa courbe blanche et suave sur le fleuve. L'inauguration du pont était un prétexte. Ce qu'on allait fêter, c'était le fleuron de l'Empire. La plus grande réalisation de la France en Afrique : le défilé de sa jeunesse, celle qui parle et lit le français, connaît ses tables de multiplications et a foi dans l'avenir.

Devant le pont, un maître de cérémonie nous

aligna et s'assura que nous étions au complet. Une grande estrade était montée, surplombée de hampes à drapeaux tricolores et d'une tribune où s'agitaient des hommes en costumes. Sur la gauche, les vétérans blancs et noirs, décorations étalées sur la poitrine. Sur la droite, un groupe de scouts en bleu marine, avec foulards et bérets. Un peu plus loin un bataillon de cyclistes et un orchestre aux cuivres étincelants. L'attente, l'immobilité, les couleurs ternies par le blanc du ciel agissaient sur moi comme un soporifique. Je réprimais sans cesse l'envie de bâiller. Au bout d'un quart d'heure, on nous fit signe d'avancer. Le spectacle commençait. Les écoles allaient investir le pont et, devant une haie de policiers, exécuter un mouvement d'ensemble cent fois répété après la classe : bras à l'horizontale, un pas en avant, deux pas à gauche, demi-tour. Lever les bras, abaisser les bras, demi-tour. Un pas en arrière, deux pas à droite, se baisser, se lever. Recommencer dix fois. La onzième, faire un tour complet au lieu du demi-tour, sauter au lieu de lever les bras puis s'allonger, les bras le long du corps, les jambes en V. Je me demandais ce que les oiseaux penseraient du spectacle. À ras du sol, nous ne verrions rien. Il fallait être sur le fleuve, face à la courbe du pont, pour distinguer quelque chose qu'on puisse qualifier d'« esthétique ».

Je laissai mes filles bien alignées et me tins en retrait, comme on me l'avait signifié. Juste au-dessus de ma tête, la tribune du ministre, Pierre-Henri Teitgen. J'imaginai la cérémonie vue par un des soldats perchés. Rotation des pupilles à cent quatre-vingts degrés, par à-coups successifs, précis, ultrarapides. Le pilier gauche du pont ; le pilier droit du pont ; le premier carré de spectateurs ; le deuxième ; le premier à nouveau ; le pilier droit du pont ; le pilier gauche du pont. Le ministre descendit de la tribune. Le pilier droit du pont. Il traversa l'espace qui le séparait du ruban tricolore. Le premier carré de spectateurs ; le deuxième. Il saisit la paire de ciseaux que lui tendait le maître de cérémonie. Il coupa le ruban. Le pilier droit du pont. Le pilier gauche. La foule applaudit, l'orchestre se mit à jouer, les rangs à avancer. Le cortège d'enfants s'éparpillait au-dessus de l'eau, chantait, entamait sa gymnastique suédoise. Premier carré de spectateurs. Trompettes, tambours, flûtes. Un groupe d'hommes surgit de l'autre côté de la tribune, se rua sur la barrière de protection et tenta de l'escalader. Vingt degrés à droite il les aurait vus, le soldat perché, mais il n'était qu'au premier carré de spectateurs. Au sol, nous étions tous à même hauteur, et les manifestants n'auraient pas attiré l'attention s'ils n'avaient tenu haut plusieurs banderoles : *« France, go home ! Le Kamerun aux Kamerunais ! »* Flûte, trompettes, tambours. Des officiers de police apparurent à leur tour, ils se frayèrent un chemin jusqu'à la barrière. L'un des manifestants grimpa sur les épaules d'un compagnon. Puis un deuxième, un troisième, et d'autres encore. Autour d'eux, la foule refluait. Ils tenaient des mégaphones et crachaient des slogans inaudibles sous la musique et les chants. Ils hurlaient en silence et la fanfare jouait. De tous côtés de la tribune, ils se hissaient, jetaient leurs cris muets, tellement désespérés que leurs bouches se tordaient en affreuses grimaces. Des policiers entourèrent le ministre. Les élèves s'époumonaient, se trémoussaient gaiement sur l'eau, et à quelques mètres les matraques commencèrent à frapper, sans bruit, comme les manifestants criaient, sans bruit, officiellement c'était la fête. Le soir on dirait qu'ils étaient des centaines, au moins mille cinq cents dissimulés dans le fond, avec leurs drapeaux rouges au crabe noir. Les soldats se rapprochèrent, ils formèrent une haie hérissée de fusils. Les manifestants disparurent d'un coup, comme ils étaient venus. Pierre-Henri Teitgen remonta calmement à la tribune, d'où il put apprécier les dernières minutes de gymnastique suédoise et de musique cuivrée. Le soldat reprit sa ronde immobile — pilier gauche, pilier droit, premier carré de spectateurs... et lorsque tous les corps furent allongés, bras bien serrés et jambes en V, il y eut quelques secondes de silence. Des manifestants il ne restait pas même un écho dans l'air blanc. Les élèves formèrent leurs rangs et sortirent du pont. Le ministre pouvait prononcer son discours.

J'entendais sa voix égale, très professionnelle, au-dessus de ma tête. Je revoyais les bouches tordues par la colère, les matraques sur la chair meurtrie, la peur dans les yeux des Blancs :

« Il faut aider autant que faire se peut nos amis camerounais à améliorer les conditions de leur existence... fournir à ce beau pays les moyens de la justice sociale, du progrès civique et de la fierté... relier les hommes dans une grande espérance.

L'égoïsme de quelques-uns, la violence et le mensonge de quelques autres peuvent, certains jours, la compliquer. Peu importe : le pont qui nous relie est solidement bâti. »

Monique et son mari n'ont rien vu. Peut-on leur en vouloir ? Lui a mis cinq ans à construire le pont, cette fête était la leur. C'était aussi une cérémonie d'adieux. Car, le pont terminé, ils sont déjà sur le départ. Je vois bien que Monique se détache. Son regard glisse sur les choses et les êtres comme sur un paysage, sans vraiment les saisir. Son regard n'accroche plus les regards. Qui sait si après son départ je la reverrai jamais ?

24 mai

Les filles ne dorment pas. Les couvertures tirées, lisses, immobiles tiennent tendues par la peur, mordues, serrées entre des poings fermés. Elles retiennent les éternuements, les soupirs. Baptistine ne dort pas non plus. Elle lit la même page depuis une heure, la même ligne, j'en suis sûre. Le vrai récit naît dans sa tête, encouragé par le silence, nourri par l'angoisse de mourir ici, ce soir. On ne perçoit que le frottement de ma plume sur le papier. De temps à autre, un coup de feu claque dans la nuit ou une rafale de mitraillette. L'image d'un corps, de mon corps transpercé m'obsède. Baptistine cligne des yeux. L'odeur de poudre monte jusqu'à nous, traverse les persiennes, se fraie un chemin entre les lits, ravive la certitude du danger. Nous respirons la bouche ouverte, comme les chiens, pour ignorer l'odeur. Depuis le couvre-feu nous vivons recluses, et nous mourons de chaud.

Je ne comprends pas comment on en est arrivé là. Il faudra lire les journaux, quand nous pourrons sortir, si les journaux savent reconstituer l'engrenage des violences. Je sais que, le 22 mai, une réunion politique hostile à l'UPC a eu lieu dans le quartier. Je sais que beaucoup de Blancs parlaient de constituer un front anticommuniste, ils sillonnaient les rues, ce soir-là, et des Noirs sillonnaient en sens inverse parmi eux, les uns arrogants et hargneux, les autres glissants et muets comme des bêtes traquées. En apparence, c'était une fin de journée ordinaire. Seuls les yeux disaient autre chose. J'y ai lu la peur et la fièvre.

Quand tout a commencé, j'étais au réfectoire avec les élèves. Exceptionnellement, j'avais dîné avec elles. C'était au moment du dessert. J'ai plongé ma cuiller dans la bouillie de fruits. La pulpe écrasée a émis un bruit spongieux. Un bruit de viande perforée. Cela venait du dehors. Au-dessus du bourdonnement familier, un tumulte de voix, des cris. Par la fenêtre, j'ai vu des Noirs détaler sur l'avenue Jamot. Ils couraient en longeant le collège, propulsés par une force invisible comme des cailloux de lance-pierres. Je suis sortie du réfectoire. La barrière ajourée me séparait, comme toujours, du monde extérieur. J'assistai à une scène incompréhensible de foule en fuite à travers fumée et poussière. L'herbe sous mes pieds était tellement verte et la cour si tranquille. Ils couraient, les vêtements maculés de sueur, de boue, il y avait des visages en sang, des mains en sang, elles brandissaient des machettes, jetaient des pierres, des morceaux de plâtre, des pièces mécaniques ; des mains de femmes cachaient les yeux des enfants accrochés à leurs robes. Ils couraient, des tessons de bouteilles étincelaient parmi les têtes. Mon ventre me faisait mal. J'entendais au loin des ordres hurlés en français. La troupe approchait. Ils couraient, ils tombaient, ils ôtaient leurs chaussures pour courir plus vite, les abandonnaient au milieu de la route. La troupe est passée à pied devant le collège, est-ce qu'il tiraient, est-ce qu'on leur tirait dessus ? Au-dessus de moi l'ombre des manguiers était fraîche, les lianes corail se balançaient doucement. Plusieurs Blancs suivaient, fusils au poing, ils voulaient franchir le barrage de la troupe mais la troupe les repoussait eux aussi à coups de matraque. Ils couraient tous, les chasseurs et les chassés, puis ils disparurent à l'angle. La rue était déserte. On entendait encore des cris. Plus rien. Un courant d'air balayait un sachet en papier sur la chaussée, le sachet gonflait, volait à ras du sol et reprenait sa danse au-dessus d'un parterre de sandales. Des centaines de sandales jonchaient la rue, écorchées, fendues. Un petit garçon errait, la morve au nez. Il tentait de trouver une paire à sa taille.

— Restez pas là, madame ! a crié le police.

Nous avons voulu faire monter les élèves au dortoir. D'abord, elles ont refusé de passer la porte du réfectoire. Mais le calme des adultes, le silence de la rue et le soleil couchant, qui jetait sur l'extérieur une lumière apaisante, ont finalement eu raison de leurs craintes. Nous n'exprimions rien qui ressemble à la peur. Les élèves traversèrent la cour, sur le qui-vive mais sans panique. Elles firent leur prière et se couchèrent tôt. Les Lainé et moi sommes retournés dans nos cases. La rue est restée vide ; ce fut une nuit sans frissons, sans héroïsme. Cette nuit n'était qu'un répit arraché par les matraques.

Le lendemain, depuis le collège, on ne vit rien. Ou plutôt, rien de précis. L'imagination guidait notre interprétation des choses ; nous avons passé des heures floues à observer les mouvements, à écouter les bruits. Pour certains, comme Mme Grassette, ce fut une expérience presque excitante. Elle réprimait un sourire lorsqu'elle m'a demandé :

— Vous pensez que ça va recommencer ? Une colère pareille, ça ne peut pas retomber si vite ?

Je suis allée au marché, le matin. Il était réduit de moitié. La troupe patrouillait le long des voies de chemin de fer, interpellait des indigènes. Prosper est arrivé au collège vers dix heures, le visage défait.

— L'a perdu la maison, moisè Mat'.

Il a décrit comme il pouvait les cases éventrées, brûlées ou crevées d'explosifs qui s'étaient effondrées les unes après les autres, dans un bruit de tonnerre. Il était perché sur un toit à New-Bell, il contemplait le spectacle des baraques qui s'affaissaient autour de lui, à intervalles réguliers, et de plus en plus près. J'imaginais ces cabanes brusquement happées par le sol. Il a dû trembler, Prosper, quand la maison voisine est tombée à son tour. Il a sauté du toit, juste avant qu'il ne s'éparpille en planches et branchages. Plus tard dans la journée, le fiancé de Baptistine a affirmé que deux cents cases UPCistes ont été abattues.

Au collège, emploi du temps habituel. Simplement les élèves, comme nous, regardaient un peu plus par la fenêtre. Elles cherchaient le sens des manèges humains du dehors. Devant elles, nous taisions nos doutes. Entre les professeurs, un silence entendu s'installa.

L'ignorance nourrissait mon inquiétude. Je pressentais la menace sans pouvoir l'identifier. À l'extérieur, les Blancs disaient qu'Um Nyobé excitait ses bandes en prévision de la visite de l'ONU, au mois de septembre. Le but : provoquer une réaction de la France qui la discréditerait et accélérerait le processus d'indépendance. La répression coloniale s'est montrée à la hauteur de ses attentes.

Ce matin, à l'aube, nous sommes réveillées par des grenades. Des camions militaires et des soldats sont massés, mitraillette au poing, devant la prison, à cinquante mètres du collège. Les élèves refusent de sortir du dortoir. Encore vêtues de leurs chemises blanches, elles se collent aux persiennes du premier étage pour ne rien manquer de l'action. À l'évidence, les cours ne peuvent pas avoir lieu. L'avenue Jamot est semée de carcasses de voitures incendiées. La camionnette qui amène les professeurs ne peut pas circuler.

Je cours jusqu'à la bibliothèque, je monte au dortoir avec l'*Odyssée*. Il faut parler fort, se serrer très près les unes des autres et lire sur mes lèvres pour suivre le fil de l'histoire. L'écho de fusillades lointaines se juxtapose au claquement des armes en contrebas. Les bruits du dehors ne parviennent pas à briser notre rempart de calme et d'ordre. Les plus jeunes se bouchent les oreilles, mais continuent à fixer mes lèvres. Elles sont ensemble, liées par ce texte muet, elles tiennent bon. Je doute qu'aucune ait suivi le récit, moi-même je ne m'entendais pas. J'en ai connu des heures à lire à haute voix pour conjurer ma peur. À Londres, nous lisions Dickens à l'intérieur des abris parce que la peur se propage dans le silence.

Une toute jeune m'interrompt et me demande ce que veulent les manifestants. Je retourne la question aux élèves.

— Ils veulent l'indépendance, dit Germaine.

— Ils veulent tuer les Blancs, dit Françoise.

J'approuve Germaine, bien entendu. Où sont les secours ? Pas un agent de police ne nous a rendu visite, pas un soldat. Le téléphone ne fonctionne pas. Au camp Bertaut, Charles, le fiancé de Baptistine, ne peut rien à lui tout seul. Les manifestants finiront bien par franchir les barrières, par fouler l'herbe douce et verte. Par violer le jardin. C'est inéluctable.

Je reprends la lecture de l'*Odyssée*. Vers midi, j'entends des cris sous les persiennes. Quelqu'un tambourine à la porte du dortoir. Je me penche à la fenêtre. C'est Fanny. Je dévale les escaliers.

— Tu es folle ! Pourquoi tu es venue ?

— Personne ne répondait au téléphone ! Vous êtes là-haut depuis ce matin ?

Je lui demande comment elle a pu passer. Elle a

attendu une heure au carrefour des Deux-Églises, porte du quartier de New-Bell, où par chance elle a croisé la patrouille de Charles. La jeep l'a déposée devant le portail.

— C'est une gabegie là-dehors, tu verrais ça… je ne sais pas si je vais pouvoir repartir.

Fanny est restée. Jusqu'à trois heures de l'après-midi, le feu crépite devant la barrière. Feu de joie de voitures, de drapeaux français, de planches, de pneus. La fumée grasse monte jusqu'au dortoir. Les filles ont faim, je descends à la cuisine. Prosper a déguerpi depuis longtemps. Je prends tous les vivres et nous mangeons sous le toit.

À dix-huit heures, la nuit tombe. Je soulève les persiennes qui donnent sur la cour. Un soleil rose apaise les contrastes. Une lumière tendre sur les carcasses qui fument, les pneus calcinés, les débris de verre, tissus déchirés, morceaux de bois et de plâtre qui jonchent la rue. Les ombres s'étirent jusqu'au bout de la concession. Un décor de trêve. À l'ouest, un vrombissement. Toutes les filles se massent près des fenêtres. Un avion de la grosseur d'une abeille traverse le couchant. Il vole vers nous à hauteur d'oiseau. Lorsqu'il passe au-dessus du toit, son ventre s'ouvre. Je hurle, mais une pluie blanche et bleue virevolte dans les airs et l'avion disparaît de mon champ de vision. Les filles tendent la main pour attraper les petits carrés de papier tombés du ciel. Ce sont des tracts. Ils somment la population de retrouver son calme et sa raison, contre les « criminels de l'UPC ».

À dix-neuf heures, des mégaphones annoncent

le couvre-feu. Les filles descendent quelques minutes dans la cour, abritées des regards par l'obscurité et la façade du grand bâtiment. Puis elles remontent au dortoir.

On a beaucoup chanté ce soir, dans le noir.

Ô nuit, qu'il est profond, ton silence !
Quand les étoiles d'or scintillent dans les cieux
. J'aime ton manteau radieux
Ton calme est infini
Ta splendeur est immense

Pendant ce temps, combien de morts à nos pieds ?

Vers dix heures, Charles est venu chercher Fanny et l'a ramenée chez elle en jeep officielle. Maintenant je suis seule avec Baptistine. Cette nuit, nous dormirons côte à côte dans la minuscule chambre de la surveillante.

Des coups de feu trouent la nuit. Baptistine n'a toujours pas tourné sa page. J'ai tout raconté. Je n'ai plus qu'à attendre. À glisser dans l'angoisse.

25 mai

Journée terrible.

M. Zimmerman, professeur à l'école professionnelle, a été égorgé en pleine rue. Hier ou aujourd'hui, je ne sais pas. Baptistine l'a appris par Charles.

Ce matin, grand rassemblement indigène sur la place de la Mosquée. J'ai regagné ma case, je fais le pari d'une journée calme. Les cours reprennent, avec les professeurs qui ont pu venir. Prosper est de retour, un homme de plus. J'aperçois Sarah Épangué près des barrières. Elle me fait signe de la rejoindre. « Ce sera une journée rouge, mademoiselle Marthe. Soyez prudente. » Elle rejoint la place de la Mosquée. Le chauffeur Jean-Jacques barricade le portail, je bloque tous les volets du dortoir. Une heure plus tard, des milliers de manifestants tournent à l'angle de la prison, hurlant : « Français, go home ! », dans le langage de l'ONU. Ils sont armés de gourdins, ils les brandissent en rythme. Je garde mon sang-froid.

Vers quatorze heures, les premiers pétards explosent. Le long de la barrière, des buis sautent à plusieurs mètres du sol et retombent en poussière, laissant des trous larges comme des roues de voiture. Puis ce sont des rafales de mitraillette. Une balle ricoche sur un manguier, elle traverse la salle des sixièmes et se fiche dans un casier en fer. Je cours d'une salle à l'autre, je fais monter tout le monde au dortoir. Je scrute l'extérieur par l'aération du cabinet de toilettes, sorte de moucharabieh creusé dans le ciment. Au milieu de la place, des voitures d'Européens gisent sur le côté. Sous mes yeux, quatre gros camions conduits par des indigènes sont immobilisés puis renversés. Les manifestants y mettent le feu. Un homme est arrosé d'essence. Une longue flamme se tord et zigzague à travers la foule. L'homme s'effondre sur les étals abandonnés du marché.

Plus de téléphone. Nous descendons à tour de

rôle, Mme Lainé, Baptistine et moi, pour essayer de joindre la Région, mais la ligne est morte. Nous ne sommes séparées du camp Bertaut que par un marigot peu profond et une clôture de barbelés. Baptistine se porte volontaire pour alerter le camp de notre situation. Elle revient trempée, les mains et les poignets en sang. Les gardes du camp sont consignés, ils ne peuvent rien faire d'autre que prévenir le commissariat de notre part. Alors je descends récupérer les ampoules électriques. L'explosion d'une ampoule, c'est tout ce que nous avons pour effrayer d'éventuels attaquants. Au moment où je traverse la cour, un homme se précipite contre la barrière.

— De quel camp tu es, toi ? hurle l'homme à Prosper, qui est avec moi.

Prosper secoue la tête. Il regarde l'homme, me regarde, l'air désemparé.

— Dis-lui de quel camp tu es ! répète l'homme. Dis-le !

Prosper murmure quelque chose dans son dialecte.

— Désolé, moisè Mat', c'est mon frère.

Et il saute par-dessus la barrière. Depuis l'autre côté, il me fait un geste d'adieu. J'ai l'impression que je ne le reverrai jamais.

Les camions militaires arrivent sur la place en fin de journée. Du carrefour Bon-Bougnat jusqu'aux brasseries du Cameroun, combats au corps à corps. On ne voit rien qu'une mêlée compacte. Puis des cadavres sur la chaussée. Le soir, pendant le couvre-feu, tout est calme. Officiellement, on déplore vingt morts.

Ça ne s'est pas arrêté. La violence. Pendant six ans, j'ai tenté de trouver ma place dans ce pays où je suis arrivée par hasard. Maintenant ma présence a un sens. Je sais bien que depuis le premier jour je prépare mon départ, en forgeant une élite féminine qui n'aura plus besoin de moi. Mais je n'ai pas encore fini. Les indigènes nous poussent dehors. Depuis le 25 mai, j'ai tous les jours l'impression de quitter le Cameroun. Ou plutôt, de retarder l'adieu, de repousser l'échéance. Tant de choses à faire encore, et rien ne m'attend en France.

L'été fut atroce. Au mois de juin, les patrouilles de police ont fouillé tout le quartier Bassa. La police n'a plus quitté New-Bell. La rue a changé. Partout, des uniformes. Des gens en armes. C'est la guerre. Pas seulement à Douala. À Loum, à N'Kongsamba, à Édéa, à Yaoundé.

À la fin juin, mes premières élèves ont passé leur baccalauréat au lycée Leclerc. Dans l'indifférence générale, me semblait-il, mais, à ma surprise, les journaux ont largement répercuté leur succès.

Ceux qui font la guerre du côté de l'Empire et se servent de mes filles comme d'une arme contre la propagande de l'UPC. Je suis malgré moi devenue un argument dans la guerre.

La guerre, c'est la politique qui a perdu la raison. Moi, je ne sais pas quoi penser, quoi défendre. Je voudrais qu'il suffise d'aimer mes filles, mais à l'évidence cela ne suffit pas. Dans quel monde veux-je les aimer ? C'est à cette question que la guerre, que l'on appelle ici « émeute » ou « rébellion », me demande tous les jours de répondre. Je ne peux pas. Rien n'est simple. Si les livres d'histoire retiennent un jour ces événements, mon nom ne figurera nulle part. Tant pis. Les Antilopes se souviendront de moi.

Une fois, j'aurais pu prendre parti, car j'ai atteint la limite du tolérable. Cela se passe en juillet dernier, pas loin du collège, et je suis seule. Une vague d'arrestations a vidé New-Bell. On a dissous l'UPC et ses organisations sœurs. C'est un matin après des combats de rues. Je sors par le portail triplement verrouillé et désormais doublé de barbelés. Je vais au marché, de l'autre côté de l'avenue Jamot. Un attroupement s'est formé à l'extrémité de la place. Je m'approche. Au début je ne vois rien. Puis un homme s'écarte. Sur le trottoir, bien alignées, huit têtes de Noirs grossièrement coupées nagent dans une flaque de sang. Bourdonnantes de mouches. À ce moment-là, j'aurais pu monter à la tribune, j'aurais pu dire non. Ce n'est pas ce que j'ai fait. D'abord, j'ai pleuré. Toute seule, sur la place. Ensuite je suis rentrée au collège. Les Antilopes de New-Bell devaient montrer une autre face de l'homme, voilà ce que je me suis dit. Je me suis attelée au travail avec plus d'énergie que jamais.

Je viens de créer ma seconde générale. Elle ne compte qu'une élève cette année. On m'a demandé de ne pas gaspiller l'argent public mais les professeurs m'ont soutenue. Désormais, je cours contre la montre. Selon Jean Trouvère, qui a ses espions, le haut-commissaire de la République a réuni ses hommes de confiance et leur a expliqué que la France n'avait plus les moyens d'entretenir un empire. Il faut investir dans l'industrie nucléaire. C'est la bombe ou l'Afrique. J'ai le sentiment d'un énorme gâchis. Encore un idéal sacrifié. Aux yeux du contribuable ce ne sera que justice : la croissance industrielle versus un trou de mémoire… Que pesons-nous dans la balance ? Dans cinquante ans, on dira peut-être des Blancs d'Afrique qu'ils étaient des barbares. Moi, je ne veux pas partir, j'ai quelque chose à offrir. J'ignore la durée de mon sursis.

Il ne faut plus penser. Seul impératif : écouter l'urgence, écouter ma foi. Travailler d'arrache-pied.

Un réconfort : Jean Trouvère est aussi pressé d'agir que moi. Dans les émeutes de mai, il a presque tout perdu. Autour de Yaoundé, les routes principales ont été coupées plusieurs semaines.

Les chantiers de la COTRACO, privés de matériel et de main-d'œuvre, ont périclité. Depuis, Jean passe tout son temps dans un camion à travers le Sud-Cameroun. Il ne fait pas le tribun. Il travaille de ses mains. Patiemment, il jette les bases d'une société nouvelle, en s'attelant au maillon premier de la chaîne : la nourriture. Il couvre de coopératives locales et puissantes toute la région cacaoyère. Il la délivre de sa dépendance envers les marchands étrangers. Pendant ce temps, d'autres se délectent de leurs statuts sur les bancs des institutions.

28 mars 1956

Je retrouve ce cahier rangé dans un carton. Il doit y être depuis l'inondation de l'année dernière. Pas eu le temps de faire le tri. Eu le temps de rien.

Climat calme et propice au travail. Plus de combats de rues à Douala. Dans d'autres régions, on continue à chasser l'homme. Pas devant ma porte. Je mène ma mission, je ne fais que cela. Je ne vois plus rien, depuis ma fenêtre, que la marche du peuple semblable à celle de mes premiers mois ici.

Cinq élèves en seconde générale, cette rentrée. C'est bien. Leur réussite est partout présentée comme la preuve ultime des bienfaits de la France en Afrique. Le nucléaire n'a de sens que pour la métropole, les Blancs d'ici entendent bien rester. Marie-Claire Matip a récemment fait la une des journaux, en remportant un concours organisé par Air France, *Elle* et plusieurs grands quotidiens internationaux. Son visage d'ange noir, ses traits doux et son sourire pleine page sont connus de toute l'Afrique-Équatoriale.

Âgée de 18 ans, Marie-Claire Matip étudie en classe de seconde au collège de jeunes filles et poursuit ses études pour entrer à l'école normale d'institutrices. Fille d'un chef supérieur de la région d'Eseka, elle nous a dit sa joie de partir pour la France. Elle aura notamment l'honneur d'être reçue par le président de la République, M. René Coty, et d'assister aux fêtes données à l'occasion du mariage de Rainier III et de Grace Kelly. Paris, avec ses monuments, ses spectacles, ses restaurants, ses salons de haute couture et les sites les plus enchanteurs de la Côte d'Azur seront le cadre de ces quinze jours de rêve...

Depuis un an, on m'exhibe et on me flatte. Ma solitude n'est en rien diminuée ; je suis *nécessaire*, et la nécessité n'a rien à voir avec l'amour. Mon cœur reste plein des discrets, des loyaux. Les Pierre, Fanny, Lainé, Trouvère que l'ombre n'a jamais effrayés.

Ce mois-ci, indépendance de la Tunisie et du Maroc. Il paraît qu'on brade l'Empire.

24 août 1957

Un été avec Jean et Pierre. Thérèse Trouvère attendait son huitième enfant. Jean nous a conduits dans le Sud-Cameroun, d'un village à l'autre. Nous descendions dans les champs de cacao, arbustes tourmentés qui poussent sans souci de la géométrie. Rien à voir avec nos étendues aux dimensions régulières, brossées en sillons fins par les machines-outils. Nous marchions jusqu'au cœur du village. Jean demandait au chef de réunir tout le monde. Un interprète nous accompagnait partout, homme silencieux comme la nuit, tellement immobile, tellement effacé devant la parole transmise qu'on ne le voyait plus. Les villageois ne voulaient pas de cet intermédiaire. Pas seulement parce que la plupart parlaient français. Mais ils avaient le leur. C'était une question de principe : le Blanc n'impose pas les règles du jeu.

Nous attendions les habitants pendant des heures. Nous nous asseyions sous un arbre. J'ai appris à supporter l'ennui. Temps mort. Vague intuition de ce que pourrait être l'éternité. Effroi de la durée pure.

Finalement, le chef nous envoyait chercher. Nous nous retrouvions sur la place du village, face à une assemblée d'hommes. Les femmes n'existaient que dans l'espace protégé des cases ou leur extension au-dehors : champs, rivière, gynécées sous le ciel où elles travaillent, transpirent, se tressent les cheveux.

Jean s'avançait au milieu de la place. Il agitait les bras, modulait sa voix dans les registres extrêmes de la colère ou du rire. Il excitait la foule. Les questions que Jean posait contenaient les réponses, alors il écoutait l'assemblée raconter l'histoire qu'il avait écrite. En Afrique, le conteur, c'est la foule.

— La plupart des acheteurs de cacao, commençait Jean, ont une mauvaise réputation. Voilà ce qu'on m'a dit : d'abord, ils demandent à boire. Ensuite, ils demandent une femme. Ou plusieurs. Ailleurs, cela se passe comme ça. Mais peut-être que chez vous…

— Oui ! hurlait la foule, avec des claquements de langue.

L'interprète débordé tentait de traduire quelques mots puis renonçait. Jean était maître à bord.

— Ensuite, ils sondent vos charges de fèves. Ils trouvent chaque fois des fèves de mauvaise qualité, et les planteurs sont toujours étonnés. C'est ce qu'on m'a raconté, mais peut-être qu'ici cela se passe autrement…

— Non, c'est comme ça que ça se passe !

— Tu as bien parlé, ils trichent avec nous !

Des hommes se levaient, tendaient le poing, criaient leur colère.

— Comme le cacao est jugé mauvais, le prix fixé est très bas…

— Très bas !

— On nous vole !

— Et la pesée légère, paraît-il…

— Toujours !

Jean hochait la tête en attendant le silence.

— Que pourrait-on faire ?

La question restait en suspens. Tant d'hommes et tant de silence, en Afrique ce n'est pas commun.

— Ils sont très forts, ces marchands… pourquoi, à votre avis ?

— Ils ont de l'argent !

— C'est tout ?

Le silence encore. Il rendait sa parole à Jean. Lui seul avait à offrir une alternative.

— Il faut travailler ensemble. Tous ensemble.

Jean expliquait le système de la coopérative, l'idée d'un prix unique fixé par la communauté des planteurs, le regroupement de la production, la nécessité d'apprendre à lire, à compter… Il proposait des formations pour les trésoriers, incitait à une solidarité indéfectible entre les coopératives de toute la région.

Jean savait qu'il susciterait la haine des marchands. Il était heureux.

Nous reprenions la route, l'attente, les arbres à l'entrée des villages. L'air était chaud. Je fermais les yeux. Je comptais les battements de mon cœur, c'étaient autant de battements perdus. Je m'obligeais à l'immobilité. Les picotements montaient par vagues, scellaient ma jambe à la terre. Je ne m'endormais jamais, trop impétueuse à l'intérieur. Je n'ai pas appris la patience. Je n'ai appris qu'à dompter mon corps. Je me forçais à percevoir chaque mouvement du dehors. Une aile d'oiseau. Un pas. Les variations de la lumière à travers les feuilles. L'imperceptible caresse de l'écorce contre mon dos, au gré de ma respiration. Je ne bougeais plus jusqu'à ce que Jean donne le signal du départ. C'est à cette condition — percevoir les microphénomènes, les transformer en événements — que je parvenais à supporter l'attente. Quelquefois, une feuille se décrochait des branches, virevoltait jusqu'en bas, effleurant mon bras au passage, et j'ignorais si c'était une feuille réelle ou rêvée. Un après-midi, une feuille frôla ma tempe, mon oreille, mon cou. Une autre glissa sur ma paupière, sur ma lèvre. Elles se posaient sur mes cheveux. C'était troublant de penser que ce n'étaient pas des feuilles mais des doigts, et qu'à l'extrémité des doigts il y avait un homme. Un homme que je pouvais déchiffrer en avançant la main, et j'espérais que lui aussi avait fermé les yeux. Il fallait tendre les doigts dans le noir, les promener sans hâte, légers comme des feuilles. L'autre main a pris la mienne, l'a pressée dans sa paume. J'ai ouvert les yeux. Ce n'était pas un homme qui tenait ma main, c'était Pierre. Pierre était un frère. J'ai retiré ma main. Je n'ai plus fermé les yeux adossée aux arbres. Je n'ai plus supporté l'attente.

Vacances écourtées. Prétextant des douleurs au ventre, j'ai rejoint Douala.

Encore un réveillon. L'heure du bilan.

Onze élèves en seconde générale, nous progressons. Presque une vraie classe. Il est temps.

Le Cameroun est autonome. Il a un drapeau rouge, vert et or aux interprétations poétiques inépuisables ; nuages au couchant, verdure des forêts, lumière du soleil, sables du Nord. Il a un hymne d'un autre âge :

Ô Cameroun, berceau de nos ancêtres
Autrefois tu vécus dans la barbarie
Comme un soleil tu commences à paraître,
Peu à peu tu sors de la sauvagerie.

L'indépendance est prévue pour janvier 1960.

Je ne peux plus ignorer les drames extérieurs au collège. La lutte armée de l'UPC s'est propagée dans toute la Sanaga maritime, à quelques kilomètres. Ils veulent prendre le pouvoir avant les « suppôts des Blancs ». On masse les populations le long des routes pour maîtriser les maquis. Quand on sort de Douala, on traverse des villages-rues édifiés à la hâte, cabanes de branchages, abris de tôle où les hommes et les femmes errent en surnombre. Loin de leurs champs. L'absence de murs les force à s'exhiber constamment ; un homme dépouillé ne peut pas cacher une arme. Ma tristesse est immense.

15 octobre 1958

Quinze élèves en seconde. Douze titulaires du baccalauréat. Trois Antilopes entrent en licence en France. De futures chercheuses scientifiques. Je les veux à la hauteur de mes ambitions. Je leur écris tous les mois. Je ne les lâche pas.

Douleurs fulgurantes dans le bas du dos. Sommeil de surface, nuits blanches. Une toux sèche ne me quitte pas depuis huit mois. Ma vue baisse. Pas le temps de souffrir, tout s'emballe. Le 13 septembre, à quelques mètres du collège, la troupe a mis le feu aux bains-douches. Fumée épaisse et noire. Puanteur suffocante. Les hélicoptères tournaient dans le ciel, et malgré tout on entendait les indigènes hurler de l'autre côté des barrières. Ils hurlaient à mort. On avait jeté des hommes, des femmes et des enfants dans les bains-douches, ils y brûlaient. Chaque rue, alors, devait abriter un complot terroriste, car on retournait les quartiers comme un ventre malade, on exhibait la plaie, on pratiquait l'ablation immédiate des organes gangrenés. Les UPCistes semblaient partout. On a interdit aux familles de porter le deuil. Le lien avec les ancêtres, le monde des morts si nécessaire au monde vivant, était rompu. Pour les vivants, la solitude n'aurait pas de fin. Um Nyobé assassiné ne connut pas de privilège. Le haut-commissaire refusa de laisser la famille questionner le mort. La troupe coula son corps dans une dalle de béton pour qu'il ne puisse pas toucher la terre, pour qu'il meure tout à fait et ne laisse rien aux générations futures.

Nous ne savons plus quel langage tenir aux élèves. Sous leurs yeux, la France massacre leurs frères. Et certaines, déjà, ne sentent plus le lien de sang. Leur destin aussi est scellé dans une masse de béton, isolée du sol qui les a vues naître, coupée de la terre de leurs ancêtres. Elles regardent leurs frères depuis notre côté de la barrière, et l'herbe est encore verte sous leurs pieds, les lianes corail se balancent doucement. Elles jouent de part et d'autre d'un filet de volley-ball gonflé par la brise.

28 juin 1959

Hier, soirée mouvementée. J'étais au cinéma.
Nous avons vu *Babette s'en va-t-en guerre,* avec Bri-
gitte Bardot. Dix hommes ont fait irruption dans
la salle une heure après le début de la projection.
Ils ont saisi la caisse, ils ont commencé à tirer. En
l'air, pour rien. Nous avons pris les chaises en fer
comme boucliers. Nous sommes restés allongés
derrière. Je suis blessée. Des blessés, il y en a des
milliers. Comme moi. C'est une blessure d'amour.
Je ne sais plus où est ma place. Je ne peux plus
écrire.

1ᵉʳ janvier 1961

C'est fini. Je prends l'avion tout à l'heure.

Je n'ai pas choisi de venir ici. Je n'ai pas décidé de m'en aller. Les circonstances, encore une fois, décident pour moi. Cette fois-ci, j'ai mal.

Ils sont partis les uns après les autres. Sans bruit. Lorsque venait son tour chacun soufflait sa chandelle et quittait la scène, comme les musiciens de la *Symphonie des adieux*. Ces départs avaient quelque chose d'une agonie. La différence, c'est que, chez Haydn, les instruments secondaires sortent les premiers. Les cuivres, les bois. Ensuite seulement les cordes, les contrebasses, les violoncelles, les altos. Ainsi la mélodie se prolonge jusqu'au dernier instant. Les deux premiers violons la soutiennent, à la lisière du silence. Nous, c'est dans le désordre que nous avons cessé de jouer. Les personnages sont partis comme ils pouvaient, selon leur degré de résistance ou la force du lien qui les retenait au Cameroun. Plus de mélodie possible, de fil tendu jusqu'à la fin au-dessus du vide qui se creuse. Les départs ont eu lieu dans une cacophonie affreuse, au son des mitraillettes, et chacun acheva de jouer sa partition sans souci de l'harmonie — l'important étant d'achever.

Jean Trouvère fut le premier. Il avait pris de la distance avec le Bloc démocratique, le parti modéré qu'il soutenait. Les cadres africains commençaient à se laisser corrompre, et Jean eut la mauvaise idée, en 1959, de dénoncer des pratiques frauduleuses. Quelques mois plus tard, il était sommé de quitter le territoire. Trois cents Camerounais étaient venus jusqu'à l'aéroport pour lui souhaiter bon vent. Il se mouchait. Sa femme se mouchait, et les neuf enfants se serraient autour d'eux. Le duc de La Rosière, un brin d'herbe entre les dents, était appuyé contre un mur à l'écart. À côté de moi, Pierre et Simon Noah, l'organiste. Jean n'a prononcé qu'une phrase : « Quand on bâillonne la justice plutôt que d'emprisonner le voleur, on laisse la parole aux mitraillettes. » Il souffla sa chandelle.

En juillet, Baptistine annonça son mariage avec Charles Fuguet, le policier du camp Bertaut. Leurs fiançailles avaient duré quatre ans. Une nouvelle heureuse, improbable au milieu du désarroi qui nous saisissait tous à tour de rôle. Baptistine quittait le sol en pleine joie, seule à méconnaître le déchirement du décollage, l'instant où toutes les chairs craquent. Elle s'envola pour Marseille le 13 juillet, à la veille de mon quarante-cinquième anniversaire. Une autre flamme éteinte, moins vibrante, mais familière.

Vint le tour des Duchâble, en octobre de la même

année. Fanny avait accouché de son quatrième enfant, Georges, à la santé fragile, et venait de rentrer au Cameroun lorsque les attentats reprirent. L'été 1959, les alertes se succédèrent jour après jour. Les égorgements, les tirs sur les manifestants. L'état de peur. C'est à cette époque que l'on trouva des marques étranges sur les corps des émeutiers. Issues de rituels magiques censés les protéger de la mort, elles devaient faire fondre les balles avant l'impact ou bien les transformer en eau. Les jeunes gens couraient au-devant des fusils, jusqu'à l'effondrement ils n'avaient peur de rien, ni de personne. Les familles blanches commencèrent à quitter le Cameroun. Les enfants. Les femmes. Ce fut une rentrée étrange que celle d'octobre 1959. À l'exception de Fanny, nous ne comptions plus que des célibataires. J'avais dû faire remplacer la moitié des professeurs et Mme Lainé, qui avait plié bagage en août. Des célibataires donc, et des étrangers. Autour, c'était un monde d'hommes. Ces hommes étaient armés de tous côtés. Les Blancs avaient désormais leurs propres milices. Pour protéger mes cent soixante internes, je demandai à Yaoundé la permission d'acheter un fusil de chasse et de m'en servir si la situation l'exigeait. Lorsque Fanny vit le fusil, elle devint blême. Elle ne posa pas de question. Elle me demanda de la laisser partir. Tirer sur un indigène, à moi aussi cela donnait la nausée. Cet instant où elle tourna le dos pour sortir du bureau, le 17 octobre 1959, silencieuse, comme morte à l'intérieur, refusant que je l'accompagne à l'aéroport, cet instant qui lui ressemblait si peu fut l'un des plus grands moments de solitude de mon existence. Elle m'avait serrée dans ses bras avant de rejoindre la voiture de Léon. Pas une plaisanterie, pas une fois le grelot de son accent de Marseille. Plus de voix. Plus de mots. Le même visage que Baptistine, aussi grave que celui de sa sœur était rose et gai. La porte se referma. Fanny avait soufflé sa chandelle. Il y avait un trou dans l'orchestre. La mélodie initiale était perdue.

Ensuite, ce fut la France. L'indépendance fut proclamée le 1er janvier 1960, au lendemain d'une tuerie entre les forces de l'ordre et l'UPC, toujours illégale, refusant une indépendance qu'elle considérait de pure forme. Les raids débutèrent dans le quartier musulman Haoussa. On compta, paraît-il, plus d'une centaine de morts. Moi-même, ce jour-là, je crois avoir vu davantage de cadavres. Les filles étaient rentrées plus tôt que d'habitude de leurs vacances de Noël, afin de participer aux défilés du lendemain. Elles passèrent les journées du 30 et 31 décembre couchées sur le plancher du dortoir. En guise de pétards, la nuit du nouvel an nous offrit plusieurs fusillades dans les rues de New-Bell et l'attaque du poste de police voisin. Le 1er janvier finit par se lever, dans un calme inespéré. La fête fut triste. Une fête en forme de fin de fête. Maussade à la façon des rituels imposés dans certaines familles, communion, anniversaires, étapes obligatoires de l'année calendaire, du cycle de vie, qui ne soulèvent ni enthousiasme ni colère. L'échange des drapeaux fut une cérémonie intime, pour ne pas dire honteuse. Les rues restèrent vides et passives, endeuillées par les combats des jours précédents. C'est cela que virent

Sédar Senghor, Golda Meir, le secrétaire général de l'ONU et le représentant du Saint-Siège : le grand mutisme de la rue, l'indifférence du Cameroun face à sa liberté octroyée. Du beau vacarme prévu, on ne perçut rien. Le concert de sirènes avait été annulé, comme le défilé aux flambeaux de minuit. La France se retira sur la pointe des pieds. Elle ne prit pas le temps d'un adieu. On sut qu'elle s'en était allée à la vision des jardins en friche, des arbres morts, des fleurs fanées devant les cases. Les haies bourgeonnantes ont séché sur pied. Elles sont restées là, brunes et cassantes, car le cours de l'Histoire s'est figé. Les hibiscus ont flétri comme une peau qui meurt. Les marguerites, les roses, les lilas, les soleils, les jasmins ont été arrosés d'acide par les nouveaux locataires, pour faire place neuve. Les bougainvilliers, peu à peu décrochés des façades, ont penché vers le sol comme de grands éventails. Les tulipes arrachées ont été jetées sur la chaussée, les pétales piétinés. Ce fut la fin de tout ce qui avait une odeur, qui se répandait dans Douala selon les saisons. Plus de sapins. Plus de framboisiers. J'ai vu mourir les jardins, et j'ai pleuré.

Pendant ce temps, des villages entiers rejoignaient le maquis contre leurs frères au pouvoir. Le sang coulait et, officiellement, la France avait soufflé sa chandelle.

Pierre fut le suivant. L'année scolaire 1959-60 avait été un échec. Les combats de rues avaient empêché la tenue régulière des cours. Les professeurs refusaient de se déplacer jusqu'à New-Bell, où ils risquaient une balle en pleine tête, une balle perdue parmi les pollens, les insectes et le dioxyde de carbone. Pierre me faisait l'amitié de se déplacer. Puis il vécut chez moi. D'ailleurs nous étions nombreux à nous regrouper, par pur instinct car que pouvions-nous les uns pour les autres ? Que pouvait Pierre de plus que ma chienne Paulette et mon fusil ? M'éviter de mourir seule. La journée, je réunissais les classes, comme pendant la guerre en Angleterre. Nous faisions cours tant bien que mal. Il nous arrivait de nous coucher au sol pendant plus de deux heures sans pouvoir relever la tête. Nous fermions les yeux, la peur se loge dans les yeux des autres. Je priais souvent. Je me demandais combien de temps je tiendrais encore. Au printemps 1960, les élections déchaînèrent l'UPC, de nouveau légale mais rejetant le processus électoral. Je me débattais pour que mes élèves puissent tout de même passer le brevet, je les dispersai entre les internats des zones moins agitées de Douala et ne gardai à New-Bell que les plus jeunes. Le calme ne revenait pas. La France prêta main-forte aux Camerounais élus.

Alors le pire arriva. Sous nos yeux, à Pierre et moi. Au quartier Congo, qui n'existe plus. On le disait truffé de rebelles. Ce jour-là, je me rappelle, nous sommes en voiture. On ne peut plus circuler à pied. Notre trajet croise Congo. La police forme un cordon de sécurité entre la rue et les baraques. Nous ralentissons. On nous arrête. Un moteur ronronne au-dessus de nos têtes. C'est un petit avion qui rase les toitures. Cette fois, il ne largue pas de tracts, mais de l'essence. Une odeur de pétrole sature l'air. Prise de vertiges, je remonte les vitres, tandis qu'une flamme immense grimpe jusqu'au ciel. Les baraques prennent feu comme des torches, les unes après les autres. Je sors de ma voiture, un mouchoir sur le nez. Appuyée à ma portière, je regarde l'air trembler. Le quartier brûler. La barrière du collège n'est plus là pour me protéger de l'Histoire. Des femmes, des hommes, des enfants sortent du brasier en hurlant, la police ou les soldats les refoulent vers le nord et là ils s'arrêtent, les rares qui se sont échappés, regardent leurs maisons, leurs parents, leurs enfants brûler pendant qu'on leur passe des menottes. Ils respirent l'odeur de la viande rôtie. Ils pleurent. Au bout d'une heure, Congo est une couche de cendres que la pluie va éparpiller. Poussières d'hommes et de femmes. J'ai regardé tomber la cendre et j'étais sûre que Pierre, assis dans la voiture, devait penser aux copeaux d'Irène répandus sur je ne sais quel sol d'Europe. La cendre tombait, et puis se soulevait au moindre souffle d'air, comme si elle n'avait pas fini de vivre. De se venger. Combien de temps sommes-nous restés dans la voiture, Pierre et moi, les yeux rivés sur la désolation du dehors ? L'hébétude se dissipa, très lentement. Aux lueurs du couchant, aux premiers voiles de la nuit, je sentis mes nerfs à fleur de peau. Congo semblait le résidu d'un feu de camp. Ses braises trouaient le soir. Il n'y avait plus de cris. J'ai descendu la vitre. Dans tout ce silence, j'ai entendu le cri en moi. Le cri d'horreur. De honte. Mais Pierre s'en alla le premier.

À la rentrée 1960, il ne restait à Douala que des gens qui m'étaient étrangers. Victor Hugo avait été loyal, tout ce temps. Aidant au jardin, faisant office de chauffeur, toujours prêt à rendre service. Son anglais s'était nettement amélioré. Un jour de décembre, c'était un peu avant Noël, il m'annonça qu'il allait travailler au Kenya. Presque toute l'Afrique était alors indépendante. Le Mali et Madagascar depuis juin. Et depuis août, toute l'Union française, à l'exception des Somalis et des Comores. J'éprouvais un vertige étrange à me trouver là, petite forme blanche plongée dans la masse noire, dans le muscle africain. Il me restait mes filles, toujours fidèles, de plus en plus diplômées et brillantes. Des infirmières, des professeurs, des sages-femmes, puéricultrices, institutrices, comptables, secrétaires, chercheuses, employées de banque, pasteurs… J'avais perdu de vue Sarah Épangué, sans doute occupée à ses luttes politiques et à l'éducation de sa ribambelle d'enfants. Une fois il me sembla l'apercevoir dans une manifestation de l'automne 1959. Une apparition serpentine dans le mouvement de la foule, le flot tumultueux de sa passion. Le combat qui la faisait vivre. Je ne l'ai pas revue.

Les dernières minutes de la *Symphonie des adieux*, il ne reste que les deux premiers violons. Ils jouent, *decrescendo*, jusqu'au murmure. On ne sait s'ils partent vraiment, tant le son s'amenuise progressivement. Ma chienne Paulette et moi allons quitter Douala demain, le 2 janvier 1961. J'ai ouvert ma classe de première il y a deux ans. Tant pis pour la terminale. Je n'ai pas eu le temps, personne n'a eu le temps et rien n'est achevé. Le Cameroun se jette encore vert dans le grand monde. Nous n'avons pas été assez nombreux à donner le meilleur de nous-mêmes.

Je partirai après une soirée de chants sous les étoiles. C'est tout ce que je désire. Chanter une dernière fois *La nuit* de Rameau avec mes filles. Qui peut imaginer pareil adieu sous les arbres du jardin, deux cent cinquante Antilopes et moi, l'antilope blanche, toutes noyées dans l'obscurité poisseuse ?

Ô nuit, qu'il est profond, ton silence !
Ton calme est infini, ta splendeur est immense.
Ton calme est infini.
Ta splendeur est immense.

L'Amour, l'Histoire

Paris, janvier 2005

Charlotte Marthe est une trinité. La fusion de trois êtres, à la fois distincts et mêmes. D'abord, Charlotte Michel, réalité objective, femme de chair et d'os, anonyme et hors du commun, dont le chemin a croisé le Cameroun colonial. Ensuite, l'image de Charlotte Michel telle qu'elle vit encore dans le souvenir des Antilopes, dont elle fut la mère, figure mythique au-delà de l'Histoire. Enfin le silence de Charlotte Michel, les omissions de ses archives personnelles, les probables secrets de sa conscience et de son cœur dans lesquels Charlotte Marthe s'est souvent glissée. Une personne, une image, un personnage.

Je me rappelle mon arrivée à Douala. Les Antilopes m'attendaient quelque part dans la carte qui dessinait, sous les ailes de l'avion, un décor minutieusement décrit par Charlotte Michel, longtemps imaginé par moi, soudain vivant et intact. La forêt, la mangrove dense comme une chair sillonnée de veines, de veinules bleues, bras de rivière, fleuves, lagunes trouant l'épaisseur verte. Le sol s'approchait. Je n'avais jamais vu Douala, je reconnaissais tout : le pont de Bonabéri qui enjambe l'estuaire, le Wouri, ses îles rondes, et là, les flèches blanches de la cathédrale. J'entrais dans mon livre, qui n'était pas encore un roman, j'entrais dans le paysage, qui deviendrait décors, j'allais rencontrer mes personnages, qui seraient d'abord des personnes. De cette plongée dans la mémoire naîtrait une Charlotte Michel revue et corrigée. J'ignorais que le prisme du changement ne serait pas de l'ordre de l'Histoire, du savoir. Mais de l'Amour. À l'époque, je me préparais à un portrait plutôt sévère. Je ne déroge pas au souci moral affiché par ma génération, à qui la colonisation semble un outrage, et la guerre, et toute forme de domination blanche et occidentale. Ma rencontre avec les Antilopes n'a pas bouleversé mes convictions profondes et mes valeurs. Mais elle a modifié mon regard sur la vie d'une femme qui, *en son temps,* fut exemplaire. Fut aimée. D'un amour filial et non servile. Un tel amour, plus de cinquante ans après les faits, ne pouvait que répondre à un amour reçu. Devant lui, la raison s'incline, et les grands discours. Charlotte Marthe est née. Vraie, contrastée, irrationnelle, paradoxale.

Je me suis demandé si j'allais parler du retour triomphal de Charlotte Michel au Cameroun, au milieu des années quatre-vingt. De son accueil par le président de la République, le tapis rouge, la garde nationale, le cortège des Antilopes devenues ministres, épouses de ministres, directrices d'institutions prestigieuses au Cameroun et dans le reste de l'Afrique. Si j'allais parler de ces présents qu'elle rapporta dans son modeste appartement de Grasse, de cette démesure débordant des placards, couvrant les murs et les commodes, les guéridons entassés dans les recoins, de l'ivoire, de l'argent, de l'Histoire bien palpable, des preuves de ce qu'elle avait accompli. Elle avait été intarissable, les dernières années de sa vie, sur ce voyage qu'elle fit dans le plus grand silence du côté de la France, dans un impressionnant déploiement médiatique de l'autre côté de la mer.

Et puis j'ai retrouvé une lettre, lue à Charlotte Michel le jour de son retour en France par Clotilde Innack, « la petite Clotilde » comme elle disait, une ancienne élève qui devint à son tour directrice du collège. On allait remettre à Charlotte Michel une statuette d'antilope et ses petits :

Marraine,

L'humain a créé les unités de mesure afin de ramener la nature à ses dimensions. Il ne lui sera jamais possible cependant d'en trouver une pour le sentiment le plus noble qu'est l'Amour. Aussi ce que nous t'offrons aujourd'hui ne représente qu'un symbole de l'attachement que nous avons pour toi.

Retourne dans ton cher pays, la France, mais dis aux Français que tu ne leur rapportes que ton corps, car tes filles à jamais gardent ton cœur et ton esprit.

Cette mémoire du cœur surpasse toutes les gloires reçues. Je n'ai pas raconté le retour fastueux de Charlotte Michel à Douala. En revanche, l'incroyable réseau qui me permit de retrouver les Antilopes témoigne de leur affection vivante pour cette femme d'exception.

Je cherchais une certaine Clotilde Innack, une Antilope dont Charlotte Michel nous avait quelquefois parlé, et qui avait pris la direction de l'établissement. J'avais compris qu'elle avait été présidente de l'association des anciennes élèves, et je comptais sur elle pour ressusciter à sa manière le collège des années cinquante. L'annuaire international me renvoya sur Marseille, vers une jeune femme qui derrière le combiné tournait patiemment les pages de l'annuaire camerounais.

— Vous savez, seules quelques milliers de personnes figurent sur l'annuaire…

On me donna le numéro d'une Mme Innack Gertrude, que j'essayai en vain de joindre pendant dix jours. Absence d'interlocuteur, téléphone en dérangement, mes appels sonnaient dans le vide. Je rappelai Marseille et la jeune femme à l'annuaire, et je demandai le numéro du Lycée de New-Bell. Il n'y figurait pas. Je me procurai le numéro du ministère de l'Éducation nationale, où, dans un délai de plusieurs jours, je parvins à parler à quelqu'un. On ne connaissait pas les coordonnées du lycée de New-Bell, mais on pouvait me donner celles de la délégation provinciale du ministère à Douala. Je téléphonai à cette délégation, et pour le lycée de New-Bell finis par obtenir un numéro de boîte postale ! Alors, sans y croire, je revenais à Gertrude Innack. Je ne m'y attendais plus : elle décrocha. Elle dit d'une voix douce qu'elle n'avait pas de lien direct avec Clotilde Innack. Mais comme Innack était son nom d'épouse, elle me proposa de poser la question à son mari et de la rappeler le lendemain. Ce que je fis. Le mari ne connaissait pas de Clotilde Innack parmi les membres de sa famille, mais avait indiqué à sa femme le nom d'un doyen Innack expert en généalogie, qu'elle devait aller voir dans la semaine. On me demanda de rappeler la semaine suivante. Je rappelai. Le doyen connaissait bien une Clotilde Innack, Antilope et ancienne directrice du lycée de New-Bell. On allait donc la contacter pour moi et me transmettre ses coordonnées. Deux jours plus tard, on me dictait des numéros de téléphone portable et de téléphone fixe. Ils ne fonctionnèrent jamais.

En désespoir de cause, j'appelai au secours mon ami Lucien Pfeiffer, qui a longtemps vécu au Cameroun et y a conservé un réseau impressionnant de connaissances. Il me renvoya vers une Mme Germaine Carteret, sœur de Zacharie Noah et tante du joueur de tennis, dont il est le parrain… Et cette Germaine Carteret, sur le point de partir pour le Cambodge auprès de son mari ambassadeur, me confia que ses amies proches étaient pour une bonne partie des Antilopes. Elle me donna des numéros d'anciennes élèves à Yaoundé et en Bretagne. La filière bretonne fut la plus efficace : il s'agissait du beau-frère de l'actuelle proviseur du lycée, Mme Nyonga, qui du fait de ses fonctions avait sans doute connu Clotilde Innack. Le numéro de téléphone fixe qu'on me fournit sonna dans le vide pendant des jours. Découragée, je finis par rappeler, une énième fois, mon premier interlocuteur, Gertrude Innack, qui depuis plusieurs semaines me rendait d'inestimables services sans avoir la moindre idée ni de qui j'étais, ni des personnes que je recherchais. Elle était en transit dans un aéroport marocain.

— Souvent, le téléphone fixe est coupé au Cameroun. Il y a des pannes. Pour le lycée, il vous faut un numéro de portable.

Les « Bretons » parvinrent à trouver un numéro de portable. Après plusieurs tentatives infructueuses, j'entendis une sonnerie s'étirer, régulière, dans le combiné. Mon cœur battait à tout rompre. Une voix intemporelle parla à l'autre bout du fil : Mme Nyonga, actuelle proviseur du lycée de New-Bell, très émue de mon appel. Grâce à elle, je pus enfin contacter Clotilde Innack, qui fut mon guide parmi les Antilopes, dans les méandres si complexes du passé et du présent. Entre-temps, les contacts de Mme Carteret avaient réagi à Yaoundé, en Belgique, et le message circulait, et je rencontrai des anciennes élèves en Europe et, finalement, au Cameroun.

Je me suis promenée sous un soleil de plomb dans le collège délabré. Les racines crevaient le béton, la bibliothèque moisissait dans les décombres, le dortoir était devenu inaccessible et menaçait de s'effondrer. On avait construit, un peu plus loin sur la concession de jadis, des bâtiments neufs qui déjà semblaient près de s'écrouler. On avait vendu le terrain du fond, où se dressait la case des Lainé, à une compagnie pétrolière qui avait construit une station-service, dont l'enseigne rouge luisait par-dessus le mur. De l'autre côté du collège, le grouillement humain était à peine imaginable. Le lycée était bouclé comme une forteresse, les fenêtres revêtues de grilles métalliques. La gorge serrée, j'ai espéré que l'Histoire n'aurait pas raison de l'Amour.

REMERCIEMENTS AUX ÊTRES
DEVENUS PERSONNAGES

Ma reconnaissance profonde et mon amitié aux hommes et aux femmes qui ont bien voulu me confier leur histoire :

Lucien Pfeiffer, en premier lieu, qui sait allier le réalisme et l'utopie.

Sarah Calla-Lobé, rebelle éternelle, qui n'a jamais cessé de se battre pour les siens.

Clotilde Innack et toutes les Antilopes de Douala — Cécile Gouégni, Renée Dicka, Élise Tankeu, Madeleine Épangué, Annie Mpondo, Julienne et Jacqueline Wanko, Ruth Édimo, Suzanne Lécaille, Lydie Ébaisié, Élisabeth Missipo…

Isabelle Topkanou et toutes les Antilopes de Yaoundé — Sarah Malonga, Émilie Ngo Njock, Sara Mbolongono, Marthe Nnang, Madeleine Bimbia, Jeanne Monembang…

Isabelle Bassong, ambassadeur du Cameroun en Belgique.

Merci aussi aux intermédiaires, mon ami Eugène Ébodé tout particulièrement et Georgette Nyonga qui m'a ouvert les portes du lycée de New-Bell. Merci à Marie-Jo pour les archives.

Merci à Sophie et Cyril, qui ont partagé cette belle aventure. Merci à Carine Toly qui, depuis l'ombre, a veillé sur moi et nourri ma foi.

DU MÊME AUTEUR

Aux Éditions Gallimard

LA NOTE SENSIBLE, 2002 (Folio n° 4029).

SEPT JOURS, 2003.

L'ANTILOPE BLANCHE, 2005 (Folio n° 4585).

L'ÉCHAPPÉE, 2007.

PETIT ÉLOGE DES GRANDES VILLES, 2007 (Folio 2 €, n° 4620).

Aux Éditions Gallimard Jeunesse

MANUELO DE LA PLAINE, coll. « Folio Junior », 2007.

VA Y AVOIR DU SPORT !, ouvrage collectif, coll. « Scripto », 2006.

DE L'EAU DE-CI DE-LÀ, ouvrage collectif, coll. « Scripto », 2005.

BONNES VACANCES !, ouvrage collectif, coll. « Scripto », 2004.

Aux Éditions Autrement Jeunesse

LE CAHIER DE LEÏLA, DE L'ALGÉRIE À BILLAN-COURT, coll. « Français d'ailleurs », 2007.

LE RÊVE DE JACEK, DE LA POLOGNE AUX CORONS DU NORD, coll. « Français d'ailleurs », 2007.

Composition Floch.
Impression Maury-Imprimeur
à Malesherbes, le 28 mars 2017
Dépôt légal : mars 2017.
N° d'imprimeur : 216775
ISBN 978-2-07-034710-0 / Imprimé en France.

318482